約會大作戰 13 創作者二亞

DATE A LIVE Creation NIA

U0075680

「嘿嘿嘿，不錯喔，少年。你該不會愛美腿吧？」
第九精靈——二亞
図解 日本史
図解 世界史
動物耳とデザイン
教会建築の基本
動物の骨格

「秋葉原啊！我回來了！」
「該怎麼說呢……妳的裝備還真齊全呢。」
高中生——五河士道

「唔……漆黑的眼淚滴到純白的聖地上了！」
精靈——八舞耶俱矢
「……我沒問題的……」
精靈——七罪
Ink

「……沒問題。這點失誤還有辦法補救。」
精靈——鳶一折紙
「動搖。墨水滲到尺下面了。」
精靈——八舞夕弦

「喔喔，歡迎光臨！」
精靈——十香
「雖然有點害羞……但我會加油……！」
精靈——四糸乃
A-20.5
拉塔托斯克
第一次參加！
還請大家多多
指教！
¥500
拉塔托斯克
創作漫畫

A-20.5
塔托斯克
「各位，謝謝你們一直以來的支持。」
精靈——美九
「——勝負接下來才開始。」
〈拉塔托斯克〉司令官——五河琴里
司令

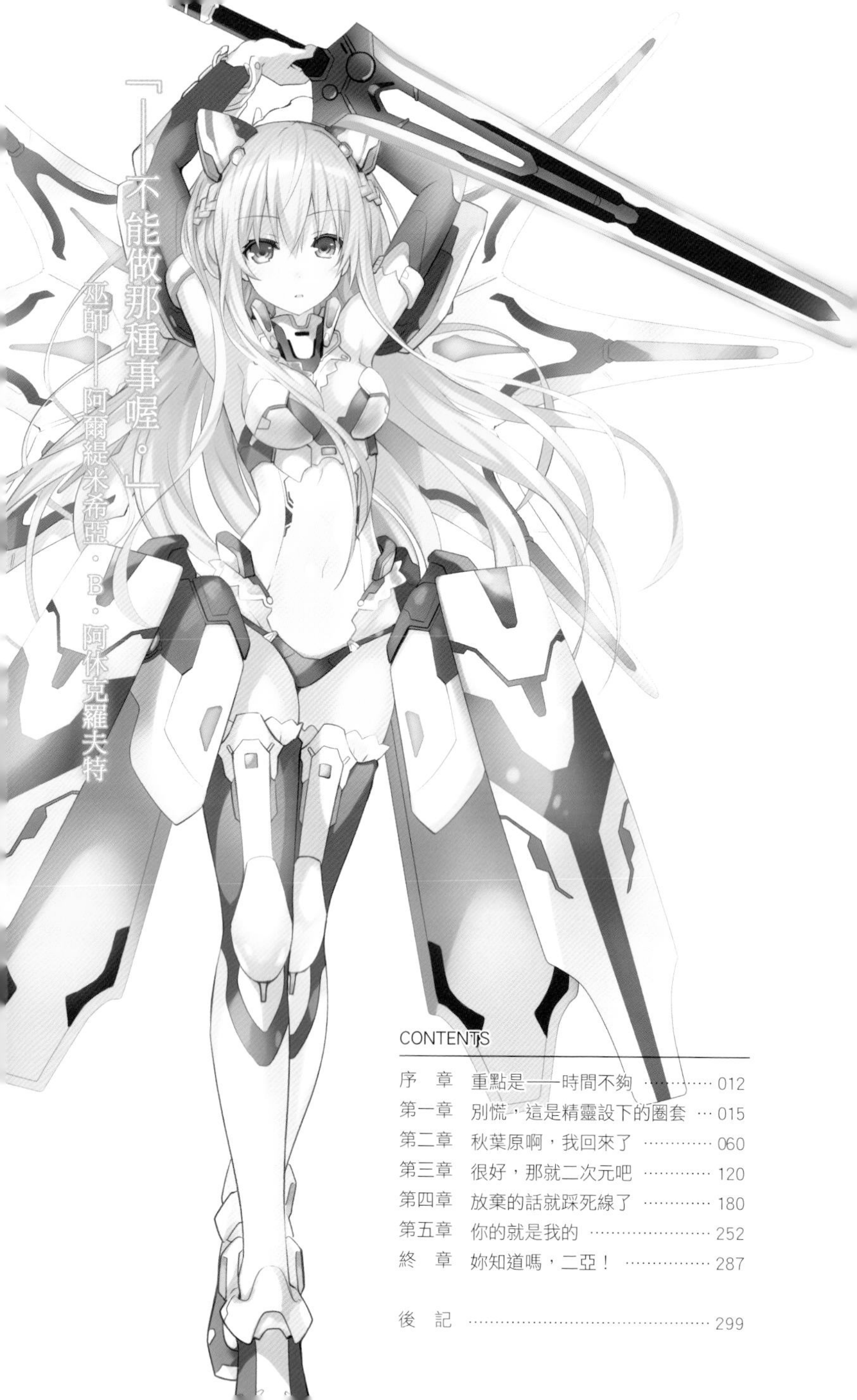
「——不能做那種事喔。」
巫師——阿爾緹米希亞・B・阿休克羅夫特

CONTENTS

約會大作戰

創作者二亞

橘 公司
Koushi Tachibana

Kadokawa Fantastic Novels

彩頁／內文插畫　つなこ

精靈
THE SPIRIT
存在於鄰界，被指定為特殊災害的生命體。發生原因、存在理由皆為不明。
現身在這個世界時，會引發空間震，給周圍帶來莫大的災害。
再者，其戰鬥能力相當強大。
處置方法1
WAYS OF COPING 1
以武力殲滅精靈。
但是如同上文所述，精靈擁有極高的戰鬥能力，所以這個方法相當難以實現。
處置方法2
WAYS OF COPING 2
——與精靈約會，使她迷戀上自己。
創作者二亞
Creation NIA
SpiritNo.2
AstralDress-SisterType Weapon-BookType[Rasiel]

序章　重點是——時間不夠

——凌晨三點。

通常這個時間，所有人都睡了，四周一片寂靜。然而，五河家隔壁的精靈公寓一室卻仍燈火通明。

「很好……第十五頁……畫好嘍！」

士道黑著眼圈，額頭上貼著冰涼貼來趕走瞌睡蟲，頭腦昏昏沉沉的還是發出聲音，拿起描完線的原稿。

於是，周圍的桌子也傳來聲音呼應他。

「……我這邊也描完了第十六頁。」

「呵……呵呵……慢死了，汝真是太慢了，士道……身為颶風皇女的本宮，早已經開始畫下一頁。」

「回……收……那麼，把原稿交給夕弦，夕弦一起掃描存成電腦檔……」

折紙、耶俱矢和夕弦依序如此說道。三人的聲音聽起來都失去了平常的霸氣，透露出疲憊的情緒。

不過，這也無可厚非。士道將原稿交給前來回收的夕弦後，從椅子上站起身來，將身子向後仰伸了伸懶腰，結果背部喀喀作響，發出男高中生鮮少發出的聲音。

「痛痛痛痛……」

士道搓揉著腰際，環視整個房間。

寬敞的房間裡擺放著好幾張大作業台，桌上放著墨水、筆、尺等各式各樣的畫具。而坐在桌子前的，則是和士道一樣表情睏倦的精靈們。

那就好比是——漫畫家工作室裡的情景。

「呼啊……」

士道忍住差點打出來的呵欠後，揉著雙眼走向冰箱，拿出兩瓶塞滿冰箱的提神飲料。

他打開一瓶的瓶蓋，一口氣灌下肚後，將另一瓶拿給坐在最裡面那張桌子前畫圖的精靈——恐怕是目前這整個房間裡處於最極限狀態的少女。

「……七罪，妳先去補個眠如何？」

「…………」

七罪表情凶惡地繪製著原稿，即使聽見士道這麼說也毫無反應，只是目不轉睛地凝視著紙面，正確地描線。

「……喂，七罪。」

「…………」

還是沒有反應。士道打開提神飲料的瓶蓋，插進一根細細的吸管，試著拿到七罪的嘴邊。

「……嗯咕。」

結果，七罪完全沒有轉移視線，用嘴唇輕啄吸管喝起提神飲料。

等她攝取完瓶子的內容物後，放開吸管，又開始埋首於作業。

多麼驚人的集中力啊。士道露出一抹苦笑後回到自己的位子。

「好了……來畫下一頁吧……」

然後再次握起蘸水筆，面對畫好草圖的原稿。

折紙等人也跟著開始繼續作業。

沒錯。士道他們正為了一個目的而團結一致地做事。

——為了「完成漫畫」這個目的。

第一章 別慌，這是精靈設下的圈套

「嗡嗡嗡嗡嗡嗡……」床鋪隨著低沉的驅動聲被吸進巨大的檢查機器中。

「唔……」

五河士道躺在床上，微微皺起眉頭，閉上雙眼。

雖然以往也接受過幾次這種檢查，但果然不怎麼舒服。該說像是被巨大的生物生吞下去一樣嗎？使人感受到一種生物根本的原始恐懼。

機器完全吞沒士道的身體後發出光線，舔拭般掃描了幾次他的身體。

幾分鐘後，那台機器才終於將士道躺著的床給吐了出來。

「——好，已經檢查完畢了，士道。」

「嗯……」

士道聽見從上方傳來的聲音後，緩緩張開閉上的雙眼。

於是便看見床旁邊站著一名個頭嬌小的少女。她用黑色緞帶將頭髮綁成雙馬尾，有著一雙如橡實般圓滾滾的大眼，嘴裡還含著加倍佳棒棒糖。光看她的這些特徵，應該只會覺得她就是個可愛的小女孩吧。

不過，她身上穿著的深紅色軍服以及臉上超然的表情，使她年幼的容貌散發出一股奇特的威嚴。

這也難怪。因為這名少女正是士道的妹妹，同時也是〈拉塔托斯克〉的司令官，五河琴里。

「身體怎麼樣？」

「嗯，沒問題。不過……這要做到什麼時候？感覺已經做了半個多月……」

士道苦笑著坐起身子。沒錯，以往在封印精靈靈力後也會像這樣接受身體檢查，但這次檢查的期間莫名地長。

士道瞥了一眼剛才吞食自己的機器。那是一台橫放的巨大圓筒形機器，很像ＭＲＩ裝置。它的模樣宛如一隻張開大嘴的大蛇。

或許是看見士道的表情，琴里唉聲嘆了一口氣。

「我說啊……士道，我應該說明過了吧？你到底知不知道自己的身體處於何種狀態呀？」

「唔……」

聽琴里這麼一說，士道開始支支吾吾說不出話來。

因為這個月上旬，士道和精靈之間的路徑變狹窄，阻礙了靈力循環，導致士道的靈力失控。

多虧所有人的幫忙才大事化小，小事化無。不過自從發生那件事之後，琴里就比以往還要擔心士道的身體。

「抱……抱歉……當時的記憶實在是太模糊了，我很難感受到事情的嚴重性……」

士道一臉抱歉地如此說完，琴里便發出「唔……」的一聲尷尬地移開視線。

「……哼。說的也是，算我錯吧。」

「啊，沒有啦，也不是這樣……」

看見琴里的反應，士道搔了搔頭。

兩人有好幾秒都沒有說話。

通常這種時候，琴里都會抱怨或諷刺個幾句。但關於這件事，琴里似乎覺得自己也有責任而心情低落。

「啊……」

總覺得不太自在。士道並沒有想挨琴里罵的這種興趣，只是看見琴里無精打采，身為哥哥的他心裡也難受得很。

士道在床上轉過身，以流暢的動作緊抱住琴里的身體。

「怎麼了嘛，別鬧彆扭嘛～～哥哥會很寂寞耶～～」

「什麼……！喂……喂，你幹嘛啊！」

「好嗎，琴里？」

「啊～～討厭，別黏著我啦！」

琴里滿臉通紅，使出一記手刀攻擊士道的頭頂。感覺平常的琴里又回來了。士道按住隱隱作痛的頭，輕輕微笑。

「……搞什麼啊，很噁心耶。你果然哪裡有毛病吧？」

「沒有，剛才那一擊讓我恢復正常了。謝謝妳，琴里。」

士道說完，琴里像是察覺到什麼事情似的臉頰更加通紅，撇過頭去。這副模樣莫名可愛，於是士道摸了摸她的頭。琴里微微抖了一下肩膀卻沒有揮開士道的手，而是接受了他的撫摸。

就在這個時候，傳來輕微的咳嗽聲。

「……抱歉打擾你們一下。」

「──────！」

聽見這道聲音，琴里抖了一下身體後立刻揮開士道的手。

「喔，原來是令音啊，妳來得可真快呢。結果已經出來了嗎？」

接著表情透露出些許動搖，面向聲音來源方向。士道也配合琴里的動作，望向同一個方向。

不知不覺間，那裡站著一名身穿〈拉塔托斯克〉制服的女性。簡單紮起的長髮以及一雙裝飾著深深黑眼圈的眼眸，胸前口袋裡還塞著一隻傷痕累累的小熊玩偶。不過可能是被她豐滿的胸圍壓住的關係，看起來擠得有些難受。

她是村雨令音，〈拉塔托斯克〉的分析官，同時也是琴里的朋友。
「……是啊。雖然不如〈佛拉克西納斯〉那邊的機器，不過這台機器也有搭載顯現裝置。」
令音翻閱手上筆記板夾著的文件說道：
「……就結果看來，小士發出的靈波反應非常穩定，在基準值以下。不用這種等級的設備詳細檢查的話，很難感應出來。和精靈們之間的路徑狀態也很正常的樣子……這樣的話，以後只做平常的定期檢查應該沒有問題。」
「真的嗎？那真是太好了。」
士道如此說完，挺起身子伸了一個懶腰。
士道等人目前正位於〈拉塔托斯克〉擁有的地下設施一角。由於空中艦艇〈佛拉克西納斯〉正在修復，每次都必須來到這裡做檢查。
再加上現在已經是十二月下旬。雖然學校正在放寒假，但接下來就歲末年初了，可以預見會有許多事要忙。能恢復定期檢查，自由運用其他時間，對掌管家裡廚房的士道來說是非常值得慶幸的事。
「……不過……」令音彷彿察覺到士道的意圖，接著說道：
「……沒問題的只是你的身體。」
「咦……？」

聽見令音話中有話的語氣，士道的表情不由自主地嚴肅了起來。

「妳……妳這話究竟是什麼意思……難道是有哪個精靈出現了什麼問題嗎！」

「……不，這倒不是……問題在於你身體異常時體能測驗的紀錄，以及靈力失控時追求亞衣、麻衣、美衣和岡峰老師的事情還沒解決。」

「咳咳！」

聽見令音說的話，士道不禁嗆了一下。

沒錯。聽說因路徑變狹窄而導致意識朦朧的士道在半下意識的情況下，做出了平常不會有的舉動。

「……關於體能測驗的事，現在正在思考對策。五十公尺短跑的時間有點難處理，不過……我打算以強烈的順風助力，或是當時你吃的感冒藥是個人從國外買回來的，偶然含有興奮劑檢驗出的成分這類藉口來敷衍過去。」

「感覺那又會產生另一種問題……」

但總比精靈的事情曝光來得好一些。士道點了點頭表示同意。

不過真要說的話，後者的麻煩比較大。想必令音也了解這一點，只見她繼續說道：

「……亞衣、麻衣、美衣那邊還能以開玩笑帶過吧。你下次見到她們的時候記得再跟她們解釋一下。重點在於岡峰老師。總之，我已經先讓她取消結婚場地的預約了……」

「咳咳！」

令音口中說出意料之外的話語，使士道再次嗆咳了一下。

「結……結婚場地的預約……！」

「……是啊。我已經試著模糊細節，向她解釋事情的來龍去脈。她基本上是理解了，不過最後還是只能由你親口向她解釋這個誤會。過幾天我會安排你們見面，在寒假過完前解決吧。」

「……讓……讓妳費心了……」

士道額頭冒出汗水，低下頭如此說道。

就在此時，令音穿的軍服口袋恰巧響起了「嗶嗶嗶」的鬧鈴音。

「嗯？已經這個時間了啊。」

「妳有什麼事嗎？」

「……是啊。等一下我還有其他安排。」

「這樣啊，那我最好先離開吧。」

士道說完後，令音點了點頭回應他，而琴里則是對他揮了揮手。

「……嗯，不好意思啊。」

「我應該也要在晚餐之前才能回去。要派車送你嗎？」

「嗯……今天就不用了。機會難得，我買完菜再回去。」

「是嗎？那待會兒見。」

「好。」

士道輕輕揮了揮手後走出房間。

接著來到設置在房間隔壁的更衣室，將病服換成便服，輕輕轉動肩膀並走在走廊上。

走著走著，他從口袋裡拿出手機確認時間後，得知現在才下午兩點左右。

「嗯……時間還這麼早啊。那好，今天要做什麼菜呢……」

士道在腦海裡思考著晚餐的菜色，發出「喀喀」的腳步聲。

不久後，前方傳來兩道腳步聲，越來越近。

「喔喔，士道。你現在是要回家嗎？」

「已經檢查完畢了嗎？」

一名體格精壯的眼鏡男和特徵為長劉海的女性向他搭話。他們分別是〈拉塔托斯克〉的機構人員，中津川宗近與椎崎雛子。兩人應該是外出買東西了吧，手上都提著白色塑膠袋。

「對。數值好像也很正常，終於解脫了。」

「哈哈，那就好。畢竟身體是一切的資本嘛。」

「就是說啊。你得好好照顧自己的身體才行。」

「哈哈……我會注意的。你們兩位是出去買東西嗎？」

「是啊。在〈佛拉克西納斯〉上沒辦法隨意外出，但在這裡就可以輕易出去地面上。」

「啊，的確如此。」

士道說完點頭同意。這個設施的出入口位於蓋在天宮市一角的住商混合大樓內，所以較能隨意外出。

當然，由於不能讓一般市民發現〈拉塔托斯克〉的存在，所以有適當的公司進駐這棟大樓。中津川兩人現在也不是穿〈拉塔托斯克〉的制服，而是一副上班族的模樣，一身西裝外加一件大衣，脖子上還掛著員工證。看見他們這身打扮，肯定不會有人認為他們是祕密組織的一員吧。

「話是這麼說啦，但還是有點寂寞呢。畢竟身為男人最自豪的，還是在飛翔於空中的機動戰艦上執行任務！真希望〈佛拉克西納斯〉能盡早回歸戰線呢！」

中津川緊握住戴著露指手套的手，眼鏡發出閃耀的光芒。士道看見他熱血的模樣後露出苦笑，不過……士道也是男生，多少能理解他的心情。

「所以……你們兩個買了什麼東西回來？」

士道詢問後，兩人便輕輕點了點頭，接著亮出手上的塑膠袋。

「我是買零食，順便買司令託我買的東西。」

「加倍佳棒棒糖嗎？」

「啊，你知道呀？」

士道說完後，椎崎便笑著回答：「不愧是司令的哥哥。」

「我也買了要放著吃的零食——還有這個。」

中津川隨後從塑膠袋裡拿出一本書。

那是B5大小的少年漫畫雜誌。封面畫著一名舉著劍的少年，上頭印著《週刊少年BLAST》的字樣。

「嗯？這是……BLAST？」

「對。是今天發售的最新一期。你也看過這本雜誌嗎？」

「當然看過啊。我們這個年代很少人沒看過吧。」

士道歪了歪頭，像是在表達「那又怎麼了嗎？」，於是中津川揚起嘴角，指向封面左下角。

「到底怎麼了啊，這是……咦？」

士道照著中津川指的望向那裡，然後——瞪大了雙眼。

中津川見狀，滿足地點了點頭。

「沒錯。長期停止連載的本条蒼二畫的《SILVER BULLET》，終於又開始連載啦！」

「哇，真的耶。我也有看過他這部作品。我記得好幾年前他突然停止連載，之後就一直沒有消息對吧？」

「是啊！之前繪聲繪影地傳聞是作者跟編輯部鬧翻、作者突然生病、藉口腰痛一直停止連載其實只是沉迷於打電動給我認真工作，本条！之類的……我到現在還是不敢相信竟然能看到《SILVER BULLET》的後續……！」

「是喔，嗚哇～～超懷念的！」

當士道與中津川熱烈地談論漫畫話題時，椎崎突然抽動了一下眉毛，從口袋拿出手機，抵在耳邊。

「——我是椎崎……啊，是，我明白了。我立刻過去。」

看來似乎有緊急要事需要處理。椎崎切斷通話後，一臉抱歉地對士道說：

「不好意思，我得走了。可以麻煩你把這個拿給司令嗎？」

椎崎說完便將手上拿著的其中一個購物袋遞給士道。士道理所當然地點頭答應。

「當然可以啊，工作加油。」

「謝謝你，幫了我一個大忙。那我就先告辭了……」

椎崎低頭道完謝，便踩著碎步消失在走廊的盡頭。士道目送她的背影，接著中津川也猛然舉起手說道：

「那麼我也告辭了。我必須在休息時間結束前看完《SILVER BULLET》！」

「哈哈……那麼，下次見。」

士道說完，中津川也朝椎崎的反方向離開。

「好了——那我就快點把東西送過去吧。」

士道輕輕甩動手中的購物袋，返回來時路，然後打開房門。

「喂——琴里，椎崎小姐要我把這個拿給妳……」

說到這裡，士道僵住了身體。

不過，那也是理所當然的事。因為房間裡除了琴里和令音之外，還多了一個嬌小的少女……

而琴里正氣喘吁吁地將那名少女壓倒在床上，粗暴地拉開她身上穿著的病服。

「呀！呀啊啊啊啊啊啊！」

「妳這傢伙！給我安分點……！這樣很難脫耶！」

「琴……琴里……？」

看見展開在眼前的令人頭暈目眩的祕密花園，士道發出呆愣的聲音。琴里這才終於察覺到士道的存在，驚訝地抖了一下肩膀。

「士……士道！你不是回去了嗎？」

「沒……沒有啦，就剛才有人託我拿東西給妳……」

士道尷尬地移開視線。

「該怎麼說呢……抱歉。不過，我覺得硬來不太好喔……」

「你肯定誤會了什麼吧！」

琴里發出高八度的聲音說完，便將壓倒在床上的少女衣服整理整齊，伸手將她拉起來。

那名少女的個頭跟琴里差不多。她將頭髮綁成一束，左眼下方有一顆愛哭痣。身上穿著的是剛才士道也穿過的病服，但她的臉色十分健康，根本不需要穿病服。

看見她的容貌，士道不禁瞪大了雙眼。

「真那！」

「咦……？啊，哥哥！」

士道呼喚她的名字後，少女便吃驚得高聲大喊。

沒錯。坐在床上的正是自稱士道親妹妹的少女，崇宮真那。

「沒錯。她過去太糟蹋自己的身體了，所以這次我打算幫她做個詳細的身體檢查。可是這孩子打死不做。」

「我才不做，我身體好得很！沒問題的啦！」

「…………」

琴里狠狠瞪了真那一眼。真那臉頰流下汗水，露出苦笑。

士道聽見這段對話，倒是回想起來了。聽說在他靈力失控的時候，ＤＥＭ趁機襲擊，是真那出面阻止才沒讓對方得逞。

「對喔……聽說妳也幫助了我。謝謝妳，真那。」

「哥哥……」

士道說完後，真那便咧嘴一笑，當場站起來。

「幹嘛那麼見外。憑我們兩人的感情，還客氣什麼！」

「哈哈……說的也是。」

士道也被真那的情緒感染，搔著臉頰笑道。

接著，真那開朗的笑容卻突然轉變成認真的表情，目不轉睛地盯著士道，慢步走向前。

「對了，哥哥。我有一件事想當面問問你……」

「嗯，什麼事？」

「就是當時你說的——」

真那話才說到一半，琴里就發出「唔！呵！呵……」類似含笑的聲音，摟住真那的肩膀。

「真～～那～～？妳幹嘛一邊跟士道說話一邊慢慢拉開距離啊？」

「咦！啊，呃，我可不是想要逃走喔……」

琴里用極其友善卻又莫名冷到骨子裡的語氣說完，真那便露出蒼白的臉色。從士道的位置看不太清楚，但隱約能感受到琴里的表情肯定很嚇人吧。

然而，琴里卻呼地吐了一口氣，接著說道：

「——別誤會，我並沒有在生氣。這次要不是有妳幫忙，下場不知道會有多淒慘。我真的很感謝妳。」

「琴里……」

或許是從琴里的話語中感受到赦免的意念，真那放鬆了她些許僵硬的表情。

然後，琴里放在真那肩膀上的手同時使力。

「所以，妳用不著那麼害怕。妳不顧自己的身體狀態衝出去，不考慮後果地盡情使用顯現裝置，然後下落不明，卻和令音偷偷交換聯絡方式。這些事情，我一～～點都不在意。」

「噫……噫～～～！」

琴里的手指陷進真那的肩膀。真那眼眶泛淚，猛力地搖了搖頭。

「喂……喂，琴里……妳可不要太亂來喔。」

士道說完，琴里便凶狠地瞪向後方。

「別把人說得那麼難聽嘛。再說，我可沒看過比你們兄妹倆更胡來的人了。」

「唔……」

「這個嘛……」

士道和真那的臉頰滴下汗水，支吾其辭。被琴里這麼一說，他們實在也難以反駁。

琴里看見兩人的模樣後唉聲嘆了一口氣，接著將視線移回真那身上。

「總之，這次我不會再讓妳逃跑了。我要徹底檢查妳的身體，施予適當的治療。覺悟吧，我要連妳屁股上有幾根毛都檢查得一清二楚。」

「呀！呀啊啊啊！」

琴里如此說完便一把揪住真那的肩膀。真那胡亂地動著雙腳，發出尖叫聲。

「哥哥！救～～救～～我～～啊！」

「不，妳必須接受檢查才行吧……再見啦。」

士道轉過身將購物袋放在旁邊，聽著真那悲痛的叫聲走出檢查室。

接著向前走了一段路後，搭乘電梯，穿過三扇保安嚴密的電子門，來到住商混合大樓內。這裡的內部裝潢與剛才宛如祕密基地的裝潢截然不同，非常普通，令士道有種一時半刻適應不過來的感覺。

「好了……」

士道腦海裡浮現這一帶的地圖，邁步前進。

住商混合大樓距離商店街不遠。走個十分鐘後，熟悉的街景便映入眼簾。

不對——正確來說，出現在眼前的商店街風景與幾天前有著微妙的差異。

聖誕節只過了一天，街上的風貌就從西式風格一下子轉變成日式風格。各個店家前面原本擺放著聖誕樹，如今卻裝飾著門松，而聖誕花環也改成了稻草繩結注連飾。曾經如此猖獗的聖誕老人和馴鹿幾乎已經不見蹤影，只存在於疑似前一天賣剩的蛋糕包裝上，顯得莫名難堪。

這種變化的速度和毫無操守的情況每年都會上演。不過仔細想想，這或許是一種頗有意思的現象。因為直到昨天為止還播放著《普世歡騰》、《平安夜》等聖誕歌曲的人們，如今則是處於播放新年歌曲《正月》的狀態。雖然日本人一提到歡慶活動就不在乎什麼宗教、國籍的問題，不過如此大型的活動只隔了約一個星期又要接著舉辦，還真是匆忙，也難怪連師父都要到處忙碌奔走了（註：日本稱十二月為師走，意指僧侶為了誦經，東奔西跑的月分）。

士道望著因年底而充滿活力的商店街，呼地吐了一口氣。

「雖然每年都這樣……不過這轉換的速度還真快呢。該說是做生意的意志真堅強嗎？」

話雖如此，士道也沒有要批評抱怨的意思。真要說的話，他反而還歡迎得很呢。

街上有活力是好事，重點在於這個時期店頭會擺出平常沒賣的豪華食材，也會祭出許多特賣折扣，不論是只逛不買還是實際買來做料理都令人感到歡欣。

「話說回來，今天要做什麼菜呢……」

士道將手抵在下巴思索。

由於昨天是聖誕節，他才剛鼓起幹勁做了一桌豐盛的晚餐，而且再過幾天就要過年和放新年假期了。雖說〈拉塔托斯克〉會負擔精靈們的餐費，但經常讓她們吃得太豐盛對身體也不好。

士道決定今天做的料理不要太豪華，但要兼顧美味。

「這樣的話，果然還是要吃日式料理吧……最近都沒有吃魚。」

士道自言自語般呢喃，「嗯、嗯」地點了點頭。

時間是下午兩點三十分。太陽還高掛在天空，但因為是十二月下旬的關係，氣溫非常低。不用像夏天那樣非得在最後才買生鮮食品不可，這一點值得慶幸。士道沿路到熟悉的店家購買需要的食材。

「——很好，差不多就這樣了吧。」

約三十分鐘後，士道大致買完晚餐的材料，離開商店街，踏上歸途。

就在這個時候——

「……嗯？」

士道在轉角處突然停下腳步。

不過，這也是理所當然的事。因為有一名少女趴倒在士道前方。

「什麼……！」

面對這出乎意料的事態，士道抖了一下肩膀。

「妳……妳還好嗎？」

士道急忙衝向前，將購物袋放到地上，打算扶起那名少女。

然而，士道卻突然停止動作。因為他好像在哪裡聽說過，發現有人倒在路旁時最好不要隨便移動對方，要是對方發生車禍或是頭部受到重擊，改變姿勢有可能會喪命。

就在士道思考著該如何是好的時候，少女的指尖突然抽動了一下。

接著，她搖搖晃晃、有氣無力地抬起頭。士道因此看見原本親吻地面的少女容貌。

年齡大概長士道一兩歲吧，有著一雙丹鳳眼以及薄唇，鼻梁挺直，五官端整。但如今她的臉上卻顯露出疲憊不已的神色，臉頰消瘦，黑眼圈極深。感覺與其說被車撞，倒不如說是過勞昏倒還比較有說服力。

不過，幸好她還有意識。士道扶著少女的肩膀，幫助她坐起身子。

只看背面還看不太出來，少女似乎只穿著居家服外加一件大衣。在這寒冷的天氣，腳上居然沒穿襪子，只穿著拖鞋。她若不是對這身打扮有偏執的愛好，大概就是住在附近的居民吧。士道半夜去附近的便利商店時，偶爾也會以類似的打扮出門。

此時，少女眼睛集中焦點望向士道的臉後，顫抖著乾燥的嘴脣發出細小如蚊的聲音：

「——肚——餓……」

「咦？妳……妳說什麼？怎麼了嗎？」

士道反問後，少女便再次重複她說的話。

「……肚子……好餓……」

「…………什麼？」

士道不禁傻眼。接著，少女的肚子傳來「咕嚕嚕嚕嚕……」的叫聲。

幾分鐘後，士道揹著倒在地上的少女，依照她的指引走在路上。

「……嗯，不好意思啊，少年……」

背上的少女發出有氣無力的聲音。

結果，雖然少女意識清醒但堅持主張她肚子太餓走不動，所以士道只好送她回家。

「不會……倒是妳真的沒事嗎？不用去醫院……」

「啊～～沒關係沒關係，我又沒有生病。再說，去那種地方太浪費時間了。」

少女揮了揮手如此說道。

「你用不著對我這麼客氣啦。我最受不了這種拘謹的態度了。」

「喔……是這樣嗎？」

「啊～～你又客氣了。」

「是……是喔。」

聽見少女隨便說話的口吻，士道臉頰滴下汗水，立刻修改了用詞回覆她。

這名少女與她纖細的外表相反，非常有膽識且不拘小節。

應該說，在這個豐衣足食的現代日本，她會餓倒在路邊就已經夠特殊了。因為看見出乎意料的光景而大吃一驚，以致於士道到現在都還沒問少女原因。究竟是發生了什麼事才會使她餓倒在路邊？

「啊，送我到那間公寓。」

就在士道思考著這種事情的時候，背上的少女猛然抬起右手指向前方。

士道循著少女的指尖所指示的方向移動視線——不禁瞪大了雙眼。

因為他視線所及的是一棟比周圍建築物約高出一倍的高樓公寓。

「咦？這裡嗎？」

「嗯，對啊。啊……你該不會以為我住的地方應該要更破爛吧？」

「沒……沒有啦，我沒那麼想……」

士道不由得支支吾吾了一會兒。因為的確被她說中了。

公寓基本上是高度越高，價錢也就越貴。少女的穿著打扮非常平民，實在無法跟眼前的高級公寓聯想在一起，這是不爭的事實。

「嘿嘿嘿，你老實說沒關係啦。該怎麼說呢？這就是所謂的反差吧？就男生來說，不會覺得這樣的反差很令人心動嗎？」

「……呃，那個，我有點不是很清楚。」

士道眉心刻劃著皺紋如此回答。該怎麼說呢……與其說這種反差令人心動，倒不如說他掌握不太到這名少女的性格。

「——啊，少年，不好意思，可以拜託你送我到家裡嗎？說也奇怪，我的腳就是動不了呢。果然不使用的話就會慢慢退化吧？」

「喔，是可以啦……但是妳真的不用去醫院嗎？」

士道沒有什麼急事要處理，送她回家也無妨吧。重點是，要是把少女扔在這裡不管，萬一她餓死在路上，士道的良心也過意不去。其實照常理來想，根本不可能發生這種事情，不過對方可是將餓倒在路旁這種宛如漫畫的情節具體表現出來的少女，絕不能疏忽大意。

士道調整了一下揹少女的姿勢後，走向公寓入口。不過，他立刻就被自動鎖大門擋住去路。

「哎呀……」

這種等級的公寓，有安裝自動鎖也是理所當然的事。不過，住在這裡的居民現在只能在士道的背後直接操作面板，輸入密碼。

就保全方面來說或許不太建議這種做法，不過情況特殊。士道對他背上的少女說道：

「我閉上雙眼，妳就趁機——」

「啊，我家是一八〇一號房，密碼是一二三四。」

「妳的保全觀念咧！」

聽見少女滿不在乎地就把房號和密碼告訴自己，士道不由自主地發出奇怪的叫聲。

「咦！剛才的吶喊聲是怎樣？超有趣的。再叫一次、再叫一次。」

「重點不在這裡吧！妳怎麼可以把這些資訊告訴我啊！」

「咦？為什麼不能告訴你？」

少女深感意外地反問。士道克制自己想胡亂搔頭的衝動，繼續說道：

「基於保全方面的問題，不能告訴我吧！要是被住在這裡以外的人知道密碼，對方有可能會隨便闖進公寓吧！我們算是剛認識，而且我又是男生耶！」

士道用說教般的口吻如此說完，少女便用手摀住嘴巴回答：「哎呀！」

「原來少年你會做出這種事喔？討厭，真是意外。」

「我才不會咧！只是一般來說，有這種危險性罷了！」

「……啊，原來如此。看起來像草食系，其實是肉食系……這種就是大眾喜愛的反差啊。我又長一智了。」

「妳有在聽別人說話嗎！」

「有、有，聽得可仔細了。然後啊，我只是隨便問問而已啦，少年你闖進女生的房間後，第一件會做的事是什麼？」

「妳根本沒在聽嘛！」

就在士道被少女氣得大聲吶喊的時候，他突然感受到一道視線。

「嗯……？」

接著他望向視線投來的方向……僵住了身體。

他看見一名女性的身影。應該是這棟公寓的管理員……叫作公寓門房吧。她正在公寓的大廳裡，朝在入口處吵嚷的士道兩人投以懷疑的目光，而且一隻手還放在電話上，可能是方便隨時報警吧。

「啊，啊哈哈……」

士道臉上浮現無力的諂媚笑容後，立刻輸入少女剛才告訴他的房間號碼和密碼，迅速地開啟自動門。

「……我要進去嘍。」

「好喔～」

少女以輕佻的語氣回答。於是，士道唉聲嘆了一口氣，面帶笑容面對門房並在走廊上前進。然後直接搭上電梯，通過豪華的內部走廊，前往指定的房間。

「……好了，妳家到了。送妳到這裡可以嗎？」

「嗯，多謝啊。不過，照我現在這種情況，肯定會昏倒在玄關。」

「……喔。那妳鑰匙給我，我幫妳開門。」

「就等你這句話。啊，鑰匙放在我屁股的口袋，你要溫柔地拿喔。」

「為什麼會放在那種地方啊！」

士道大聲吶喊後，少女便用手環抱住士道的脖子，接著說道：

「別那麼不解風情嘛。我是打算感謝你幫昏倒在路邊的我才這麼說的。你就當作賺到了，爽快地摸下去就行了。就算摸錯，手伸進衣服裡，只要別伸進內褲，我都會睜一隻眼閉一隻眼。」

「妳在說什麼啊！」

「嗯？沒有啦，我想說至少表示點謝意，在你揹我的時候一直用胸部頂你，結果你完全沒反應。我就想說，你這傢伙該不會是比較喜歡屁股吧。」

「妳的好意未免也太粗俗了吧！」

「啊，還是說，少年你是巨乳原理主義？認為八十公分以下的根本不叫胸圍？那我就得跟你說聲抱歉了，只有這一點我也無可奈何。」

「別隨便把人想成有這些奇怪的喜好啦！」

士道吶喊了一陣，又唉聲嘆了一大口氣。

「少廢話了，鑰匙給我。要不然我就把妳扔在這裡回家了。」

「真是拿你沒辦法耶～～」

少女如此說完，便將手伸進自己的屁股口袋。

「啊……怎麼突然伸進來……不要……」

「可以別在別人的背上發出奇怪的聲音嗎？」

「搞什麼啊，真沒幽默感耶～～」

少女生氣地嘟起嘴脣，將鑰匙遞給士道。士道打開房門後，走進屋內。

「打擾了。」

「給你打擾～～」

「………………」

「咦！最後都懶得吐槽了嗎？」

士道無視少女說的話，脫下鞋子，踏上地板。

從玄關能看見的是一條筆直延伸而去的走廊，和散落在走廊上的好幾堆雜誌漫畫小山。

「妳的寢室在哪裡？」

「那裡。」

士道朝少女指示的方向前進，進入房間。

果不其然，少女的寢室堆滿了無數的漫畫。幾乎整面牆都成了書架，但書籍仍然無處可放，堆滿了整個房間。

床上尤其誇張。一張大床的正中央只空出了能躺下一個人的空間，周圍散亂著好幾本書。簡直就像是為了生前喜愛閱讀的故人特別訂製的棺材。

「嘿咻！」

少女在士道站到床前面的瞬間，像從容器流出來的黏液一般移動到床上，接著就像拼圖片正好吻合的狀態完美地躺進那個空間。

「嗯——還是自己的家裡舒服啊～」

「這樣啊……」

終於放下背上的少女而鬆了一口氣的士道在房間深處發現一樣東西。

「這是……」

雖然士道認為隨便偷看別人——而且是剛認識的少女的房間不太禮貌，但好奇心還是戰勝了他的想法。他移動到那樣東西前方，目不轉睛地凝視它。

那是一張大作業台。桌上密密麻麻排列著各式各樣的畫具，還設置了一盞大日光燈照射整個桌面。

而桌子的正中央擺放著一張B４大小的厚紙張。

紙上畫著許多格子，格子裡有人物、背景，以及放台詞的對話框。看來已經全部描好線了，但打草稿的鉛筆線還留在上頭。

沒錯——雖然士道也是第一次親眼看見，但想必正如他心中所想的。

放在作業台上的，就是繪製中的漫畫原稿。

「咦，難道妳有在畫漫畫嗎？」

士道詢問後，宛如安眠的遺體躺在床上的少女慵懶地抬起一隻手。

「嗯？對啊。姑且算是個職業漫畫家。只顧著畫漫畫，就忘記吃飯了……逼不得已想說去附近的便利商店或超市買個東西吃，結果一出去外面就發現地心引力出乎意料地強。」

說完，少女抬起的手「咚」的一聲落在床上。士道皺起眉頭，露出苦笑。

「原……原來是這樣啊……不過，既然是職業漫畫家，應該有助手吧……」

「嗯……通常是有啦，不過我大多是一個人完成的。一個人也很自在，我很喜歡。雖然偶爾會累得半死。」

「我想這就是致命的缺點吧……」

士道搔著臉頰如此說完，再次將視線落在桌上的漫畫原稿上。

雖然士道並不是所有漫畫雜誌都看過一輪的瘋狂漫畫迷，但他是高中生，平時也會看漫畫，購買喜歡的漫畫單行本。第一次親眼看到真正的原稿，士道的心情有些興奮。

從畫風看來似乎是少年漫畫。即使還沒完成，但不愧是自稱職業漫畫家，畫面魄力十足——

「……嗯嗯？」

就在此時，士道皺起了眉頭，身體向前傾將臉湊近原稿。

由於還沒完成，他一時之間沒看出來，但他對這畫風有印象。

「……這……該不會是《SILVER BULLET》吧！」
士道不由得大叫出聲。沒錯。桌上擺放著的正是剛才士道和中津川談論的漫畫《SILVER BULLET》的原稿。
「哦？虧你看得出來呢。難不成你是我的讀者？多謝支持～」
少女再次揮了揮手。不過，士道有更在意的事情。他轉過身繼續說道：
「等一下。這就代表，妳是本条蒼二……？」
「嗯，對啊。」
「本……本条蒼二不是男生嗎？」
「喔，你說那個啊。是筆名啦，筆名。我本名叫二亞，本条二亞。請多指教啊～」
語畢，少女——二亞微微一笑，接著說道：
「還滿多女性漫畫家在畫少年漫畫時使用男性化的筆名喔。你看，《OTHER FAKE》的高城老師其實也是女性啊。」
「咦！真……真的嗎！」
聽見意想不到的訊息，士道瞪大了雙眼……但他立刻又轉了個念頭。
因為在討論性別之前，還有一件更奇怪的事。
「不、不、不……還是很奇怪吧。因為《SILVER BULLET》是從我國小就開始連載的漫畫耶，所以本条蒼二應該是在更早之前出道的吧……」

士道高聲吶喊，再次凝視二亞的容貌。

從她的外表看來，十八九歲……就算再怎麼裝年輕，頂多也不會超過二十五歲吧。要是她實際年齡是三字頭，所有美容相關的公司或電視台肯定會蜂擁而來，請她傳授保持年輕的祕訣。

既然如此，代替過去連載漫畫的本条蒼二，完全模仿他畫風的女兒，繼承第二代的名號……這種說法還比較有說服力。

不過，二亞似乎看穿了士道的想像，聳了聳肩。

「很遺憾，本条蒼二從頭到尾都是我一個人。順便說一下，我是在大概十年前出道的。」

「十……十年……」

二亞若無其事地吐出令人難以置信的話語，士道用疑惑的表情看著她。

照理說，這是不可能的。剛才所說的話全是二亞謊話連篇的可能性壓倒性地高。

只是，擺在作業台上的原稿分明是本条蒼二的畫。當然，也非常有可能是模仿他的畫風，不過若是這漫畫會刊載在今後的《BLAST》上，就證明至少她的原稿被當成公認的原稿看待。

正當士道思考著這種事情的時候，二亞無奈地嘆了一口氣。

「唔……雖然順序跟我『想像』的有點不一樣，不過也罷。我就告訴你我的祕密吧。」

「咦……？」

聽見二亞說的話，士道微微抖了一下肩膀。

他的確是很好奇她所謂的祕密，但是……該怎麼說呢？可以把這種事情告訴陌生人嗎？士道內心湧起這樣的感覺。

「其實啊——」

不過，下一瞬間——

咕……嚕嚕嚕嚕嚕嚕嚕……

二亞的肚子發出比剛才更響亮的哀號。

而且，或許是打算談論正經的話題吧，她的表情有些嚴肅，實在是太沒面子了。

「少……少年……」

二亞全身疲軟，虛弱無力地如此說了。士道被激起的好奇心一下子落了空，他搔搔頭並且嘆了一口氣。

「是、是……廚房借我一下。」

「好……」

士道在打算離開房間的時候回頭望向二亞。

「……保險起見，我問一下，妳是吃普通的飯對吧？沒有喝鮮血保持年輕這種事吧？」

「咦？你要讓我吸嗎？」

二亞模仿肉食性動物彎起雙手手指，露出牙齒「嗄！」地吼叫了一聲。不過，可能是因為體力衰弱的關係，完全沒有魄力。

「……看妳還能開玩笑，我想暫時還餓不死吧。」

士道半瞇著眼如此說完便離開房間，走向廚房。

看二亞那副模樣，洗碗槽肯定堆了許多碗盤沒洗吧……士道原本這麼想，然而廚房卻意外地整理得很乾淨，沒有隨手扔下一個餐具，連廚餘收納筒也沒有堆放廚餘。

「哦？真是意外……這麼說還滿沒禮貌的，但整理得挺乾淨的嘛。」

不過下一秒，士道收回了他的感想。因為他看見調理台上積了一層薄薄的灰塵。

也就是說，二亞並非將廚房整理得很乾淨，而是根本沒在使用廚房。一定是吃外食或便利商店的便當、速食來解決三餐吧。

「…………」

士道一語不發地扶住額頭，接著用力擰乾濕抹布，開始擦拭調理台的台面。

「好了……」

他將被灰塵弄髒的抹布清洗乾淨後，面向坐鎮在廚房內部的冰箱，打開冰箱門。

士道原來打算找找看有沒有什麼食材可以使用，但是他的希望卻被冰箱裡排成好幾排的啤酒密集陣形給無情地粉碎。

「……只……只有酒而已……？」

士道的臉頰不停抽搐，拉開放蔬果的那層空間。

裡面躺著好幾瓶容量一升的日本酒瓶。

「…………」

士道默默地關上冰箱後走到玄關，從剛才的購物袋中挑選幾樣適當的食材回到廚房。那些食材本來是要用來做晚餐給精靈們吃的，不過……他買的量比平常還多，應該有辦法應付吧。再說，要是二亞在自己的眼前餓死也很傷腦筋。

士道洗完手後，熟練地開始做菜。

不過，用比文具還要遜色的調理器具做菜也做不出什麼講究的菜餚。重點是也不好花太多時間調理，讓二亞久等。

士道如此判斷後，在廚房裡唯一的小鍋子加水，倒進生米，讓米稍微吸收一下水分後再開始加熱。

接著在飯煮熟的時候加入蔥、味噌，用從冰箱裡借來的日本酒調味，最後打個蛋就完成一道簡單的什錦粥。

這道料理調理時間比現在開始煮飯來得短，對餓倒在路旁的二亞來說，也比普通的料理不傷胃。因此士道覺得做什錦粥比較好。

「好了，差不多就這樣吧。」

士道如此說完便將什錦粥盛到碗裡，回到剛才的房間。

「好了，做好了喔。小心燙口。」

「哇喔！我要開動了！」

士道一將什錦粥放到床鋪旁邊的台子上，二亞便用力拍了一下手，狼吞虎嚥地將什錦粥塞進嘴裡。

「好燙！」

果不其然，似乎很燙的樣子。二亞的身體抖了一下。

「所以我不是提醒過妳了嗎……」

「呼！呼！」

二亞得到教訓後，這次將湯匙裡的粥吹涼才送進嘴裡。

經過咀嚼品嚐什錦粥的味道後，再嚥下肚。

「啊……」

二亞宛如泡溫泉的大叔深深吐了一口氣後，感動萬分地眼眶泛著淚水，動著湯匙。

「好好吃啊……你做的是什麼人間美味……人間美味啊……」

她如此說道，並且一口接一口品嚐剩下的什錦粥。不到五分鐘，碗裡的什錦粥就被掃得一乾二淨。

「呼！我吃飽了。哎呀，真是太好吃了。我已經有一個星期沒吃到熱騰騰的飯了。」

「一個星期……」

士道苦笑著收拾餐具後，面向房門打算回到廚房。

「那我洗完碗就回家了。妳以後可要在昏倒之前好好吃飯喔。」

「啊——等一下。」

就在士道打算離開房間時，背後傳來二亞的聲音。

「吃不夠嗎？抱歉，這些材料是要用來做我家晚餐的，要是還想吃就叫外賣吧。」

「啊，不是啦、不是啦。我不是要說這個。」

二亞猛力揮了揮手，伸出右手的大拇指指向桌上——尚未完成的原稿。

「正如我剛才說的，我沒有請助手。你可以幫我處理一些簡單的作業嗎？拜託你！薪水方面我會多給你一點甜頭的。」

「……咦？」

聽見這出乎意料的請求，士道瞪大了雙眼。

不過，他立刻便理解二亞的要求太胡來了。

「不……不、不、不。妳在說什麼啊？不可能啦。」

「咦～～有什麼關係。還是說你接下來有事？」

「我是沒什麼事啦，可是……我沒有碰過職業漫畫家的原稿，要是弄髒了，我可擔不起這個責任啊。」

「別擔心、別擔心，只是請你幫忙擦掉鉛筆線罷了。這個作業意外地需要體力呢。」

「就算妳這麼說……」

「拜託拜託拜託！我現在真的忙不過來！這樣下去會交不出下次的原稿……」

受到二亞的苦苦哀求，士道嘆了一大口氣。

「……唉。真是的，我只幫妳做些簡單的工作喔。」

士道死心似的說完，二亞便開心地露出微笑。

「了解、了解。那我們到工作室去吧。兩人在這裡工作太擠了。」

二亞說完走下床，「嗯嗯嗯……」地伸了一個懶腰。明明剛才還一副要死不活的樣子，這少女吸收能量的速度未免也太快了吧。

「除了這裡……還有另一間工作室嗎？」

「嗯。我只是追求要是工作到一半快死了的時候可以直接躺下的機能性，結果才變成這副模樣，原本的工作室在另一間。」

「嗯，雖然妳說得一副理所當然的樣子，其實很奇怪耶。」

士道半瞇著眼吐槽，但是二亞一點兒也不在意，帶著士道前往另一個房間。

「來，進來吧、進來吧。」

「哇……」

士道受到二亞的催促走進房間，看見房內的光景後不禁瞪大了雙眼。

房間裡擺放著一張大作業台，上頭放了各式各樣的文具。整個牆面和剛才的房間一樣都是書架，但是書架上擺的全是疑似作畫資料的畫集和寫真集。

雖然雜亂無章卻有種克己禁欲的氣氛，儼然就是專家工作室的風情。

「那你就用那張桌子吧。」

「咦，可以嗎？總覺得這裡飄散著專家聖域的氣氛耶……」

「沒關係、沒關係。啊，還是你想用寢室裡的那張桌子？你想在被我的餘香包圍的工作環境下工作嗎？」

「啊，我就用這桌子。」

士道意志堅決地說完，少女便一臉不滿地嘟起嘴巴。

「那我要去掉哪些原稿的草稿線？」

「喔喔，那拜託你去掉這些。」

士道詢問後，二亞便戴起放在桌上的眼鏡，指了幾張描完線的原稿。

「擦掉這幾張原稿的草圖後，把有畫×的地方塗成黑色。」

「嗯……？」

聽見二亞自然而然說出的話，士道歪了歪頭表示疑惑。

「等……等一下！不是只要去草稿線就好了嗎！就算只是塗黑，外行人怎麼做得來啊！」

「別擔心、別擔心。手巧的人總會塗好的。總之，只要塗成黑色就好，用什麼畫具都行。訣竅在於先用細筆將細部塗黑後，再一口氣塗滿空白的部分。」

「喂，妳有沒有在聽人說話啊！」

「有啊。不過沒關係的啦。少年，你應該有使用畫具的經驗吧？」

「什麼……？幹嘛突然這麼問……」

聽見二亞突如其來的提問，士道的表情染上困惑之色。

二亞揚起嘴角繼續說道：

「你知道嗎，少年？對漫畫一無所知的人，是不會把擦掉鉛筆線條說成『去草稿線』，也不會說什麼『塗黑』這種詞的。」

「……！」

聽見二亞呢喃般的話語，士道屏住了呼吸。

「那……那是因為……」

「我想應該是你在國中的時候有設定原創的角色人物，還畫了插圖吧。哎呀，我懂、我懂。一開始是用鉛筆畫在筆記本上，然後有一天在大型文具店發現了漫畫用筆還有墨水之類的，就想要挑戰一下，對吧？」

「！沒……沒有，我……」

「然後就會想要買網點來貼貼看，結果發現：天啊，一張網點用過一次就沒了，竟然這麼貴！然後就放棄了。」

「唔……唔……」

「接著得知可以用電腦作畫，就想說：什麼嘛，如果用電腦畫就可以貼網點貼個爽了！結果繪圖軟體和繪圖板的價格也貴得嚇人。」

「啊……啊啊啊啊啊啊啊啊……！」

士道抱著頭，身體不停顫抖。

「還有啊……」

「……ＯＫ，我明白了。我會好好做事的，不要再說了。拜託妳。」

「那就交給你啦，少年。我去房間工作。」

士道低喃著抱怨，於是二亞咧嘴一笑，豎起大拇指走回寢室。

「真是的……」

士道無奈地嘆了一口氣。

不過既然答應了，也只好硬著頭皮做了。「好！」士道捲起袖子坐到椅子上，拿起橡皮擦慎重地擦掉鉛筆線。

然後，拿起一支插在筆筒裡的墨筆開始塗黑。

他用墨筆的筆尖從內側描繪著畫×的範圍，再全部塗黑。

雖然作業本身只是重複這個步驟，但是塗黑的形狀跟範圍各有不同，再加上有不能弄髒原稿的壓力，帶給士道異樣的緊張感。

他盡可能快速但慎重地進行作業。

不知道過了多久，就在士道將手邊的原稿全部塗黑完畢後，二亞再次走進這個房間。

「哦，塗完了嗎？嗯，塗得很好嘛。」

「……是啊，好不容易才畫完。我好久沒那麼專注了。」

士道呼地吐了一口氣，轉動肩膀，舒展一直擺著相同姿勢的身體。

此時，士道抬起頭，不禁抖了一下肩膀。

「什麼……！」

也難怪他會有這種反應。因為眼前二亞的裝扮不知為何從剛才的居家服換成裸露度極高的女僕裝，裙子莫名地短，胸口開超低。看見她煽情的模樣，士道嚥了一口口水。

「妳……妳幹嘛穿成這樣……」

「咦？喔喔，這個啊？是我以前買來參考用的，順便穿來替你加油跟保養眼睛。我不是說薪水方面會多給你一點甜頭嗎？怎麼樣？雖然沒有胸部，但身材還不差吧？」

「我想薪水方面的甜頭不是這樣給的！」

士道對扭腰擺臀的二亞大喊。於是，二亞揮了揮手上的信封袋。

「開玩笑、開玩笑的啦。我這身打扮真的只是穿來給你養養眼的。來，你的薪水。」

就在二亞正要把信封袋交給士道的時候，她像是想起什麼事情似的眼睛閃閃發光。

然後臉上浮現戲謔的笑容，拉開女僕裝的胸口將信封塞進去。

「來，少年。你、的、薪、水♪」

「喂……妳幹嘛啊！」

「有什麼關係嘛，來吧，快收下吧～～」

語畢，二亞縮起肩膀擠出胸部，慢慢靠近士道。

結果，信封袋「啪」的一聲從衣襬處滑落。

「…………」

「啊……」

士道輕輕發出叫聲後，二亞便一副深受打擊的樣子當場癱坐在地。

「唔……平胸有罪嗎……！」

「……呃，我差不多該回家了。」

士道臉頰滴下汗水，開始收拾東西準備回家。總覺得這樣下去，不知道要拖到何年何月才能回家。

「咦？薪水你不要嗎？」

「不用了啦。我也體驗到寶貴的經驗了。」

「咦咦，這怎麼行呀！你拿這些錢去買些好吃的東西吧。」

「倒是妳啊，就算不是好吃的東西也要乖乖吃飯喔。」

士道瞇起眼睛說完，二亞便驚訝得瞪大雙眼。

「嗚哇，這是什麼打動人心的感覺？」

「我可沒打算打動妳的心……再見啦。下次可別再昏倒在路邊了。」

就在士道揮著手打算離開房間的時候，二亞急忙拉住他的衣角。

「等……等等……等一下啦！這樣子我沒辦法接受啦！」

「就算妳這麼說……」

士道一臉困擾地搔了搔臉頰。於是，二亞捶了一下手心。

「啊，不然這樣好了。少年，你這個星期六有空嗎？」

「嗯……？幹嘛突然這麼問？」

「等我趕完這份原稿後就能放一天假，我就好心跟你約會吧。啊～～當然約會的費用都由我來出。」

「咦……？」

聽見這出乎意料的話，士道一雙眼睛瞪得老大。因為他萬萬沒想到對方會提出這種意見。

「啊，不過約會場所由我來指定。我最近完全沒買東西，我想去一趟好久沒去的秋葉原。」

二亞用輕鬆的語氣笑著如此說道。士道嘆了一大口氣，並且胡亂搔了搔頭。

「……妳是要我去幫妳提東西吧？」

「嚇到！」

二亞反應過度地擺出驚訝的姿勢。士道還是第一次看見把驚嚇說出口的人。

「唉……不好意思，妳可以找別人去嗎？拜託妳朋友如何？」

「…………」

士道說完後，二亞的表情突然變得陰鬱。

不過，她馬上又恢復剛才的態度抓了抓頭。

「哈哈，沒有啦，因為我沒有朋友。」

接著如此說完，意味深長地瞇起雙眼。

「──話說，你真的可以放過這個機會嗎？」

「咦？」

聽見二亞別有含意的說話方式，士道皺起了眉頭。於是，二亞揚起嘴角繼續說道：

「──讓精靈迷戀上你不是你的工作嗎，少年？

不對……是『五河士道』。」

「什麼……？」

士道一時之間無法理解二亞說的話，發出錯愕的聲音。

第二章　秋葉原啊，我回來了

響起「喀噠喀噠」細小的聲音。男人沒花多少時間就察覺那是自己的臼齒發出來的。

不過，並不是因為這個地方的氣溫很低。外面的確是被十二月的寒氣所包圍，但是辦公室覆蓋著厚玻璃，空調傳遍整個房間，保持著舒適的溫度。

然而，諾克斯卻不住地顫抖著。包裹繃帶和貼著貼布的手腳不停顫抖，呼吸越來越急促。

但這個現象並非只發生在諾克斯身上。站在他隔壁，全身纏滿繃帶的男人——他的部下巴頓也和他相同，表情染上緊張的情緒。

理由很單純。

「……嗯。」

一名坐在兩人面前椅子上的男人將視線落在手上的文件，輕輕低吟了一聲。

「……！」

「——！」

男人只不過做了這個動作，諾克斯和巴頓便整張臉冒出冷汗。

那是一名白人男性，特徵是有著一頭宛如生鏽般顏色黯淡的灰金色頭髮。眼睛的形狀就像臉上劃了兩刀那樣銳利，漆黑的雙眸靜靜地坐鎮其中。

外表看起來很年輕，頂多只有三十五歲吧。然而不知為何，他的身上卻散發出不符合年紀的老練氣息，使他整體的感覺不如外表看來那樣年輕。事實上，就連今年即將滿四十八歲的諾克斯也不敢承認他比自己年輕。

不過，這或許也是理所當然的事吧，因為眼前的男人並不普通。他是光靠他這一代就建立起聞名世界的 DEM Industry 公司的天才，同時也是財經界的大怪物，艾薩克．威斯考特爵士。

照理說，他並不是諾克斯和巴頓這種區區一介飛行員能夠拜見的人物。而他們之所以會在這裡，當然有他們的理由。

「……諾克斯先生，我們究竟……」

巴頓發出細小如蚊的聲音說道。諾克斯沒有移動視線，以威斯考特聽不見的聲音回答：

「……噓，別說話。」

「…………」

巴頓聽見諾克斯說的話便默不作聲，不再開口。

諾克斯十分理解巴頓不安的心情，但就算在這裡談論自己的心境也無法改善狀況。不僅如此，甚至可能使本來就已經惡劣到谷底的狀態更加惡化。他們現在所能做的，就只有像塊石頭一樣沉默不語，等待指示。

沒錯。諾克斯和巴頓被喚到這個房間的理由，並非是要針對他們的功績給予嘉獎——而是要查問他們犯下的致命過失。

諾克斯與巴頓兩人在前幾天從太平洋涅里爾島的實驗設施運送「材料A」——DEM公司過去抓住的精靈，途中受到不知從哪裡發出的神祕攻擊，讓精靈逃跑了。

當然，諾克斯兩人也不是情願讓精靈逃跑的，那是在許多意外和變數同時發生的情況下所導致的事故。

不過，只要了解威斯考特對精靈的執著有多麼強烈，就能立刻明白這個事態的原因出在哪裡以及兩人的處分根本無關緊要。

不開玩笑，威斯考特是動一根手指就能影響國內經濟的男人。只要他有意，輕而易舉就能讓諾克斯和巴頓流落街頭。

不對——諾克斯在腦海裡否定這個想法。明明知道必須假設最壞的下場，他想像的處罰卻「過於輕微」了。

「……」

諾克斯沉默不語，瞄了一眼威斯考特的隔壁。

那裡站著一名將淺金色長髮盤起的年輕少女。

乍看之下會以為她只是個祕書，然而——並非如此。她正是管理 DEM Industry 第二執行部的巫師，艾蓮‧梅瑟斯本人。

能與擁有強大力量的精靈互別苗頭，超越人類領域的人類。只要威斯考特下達指示，她便會毫不猶豫地讓諾克斯兩人的人頭落地吧。

「滴答、滴答……」牆上的掛鐘聲格外響亮。聽在諾克斯耳裡，只像是走上斷頭台階梯的腳步聲。

「——原來是這麼回事。」

威斯考特將視線從報告書上抬起。他幽暗混濁的眼瞳望向諾克斯兩人的臉龐。

「……唔唔。」

他的視線宛如帶有物理性的力量，令兩人動彈不得。諾克斯感受到一股難以言喻的不快感，不禁皺起眉頭。

不過，威斯考特絲毫不在意的樣子，將報告書扔在桌上後緩緩地從椅子上起身，走近兩人。

然後來到兩人的面前，語氣輕鬆地開啟雙脣。

——是會懲罰？解僱？還是會指示艾蓮收拾這兩個廢物呢？

諾克斯在腦海裡想像著威斯考特的口中將會吐出什麼話語，緊咬牙根，閉上雙眼。

然而——

「你們兩個辛苦了。只要用顯現裝置治療，傷勢馬上就能復原了吧。等身體休養完畢就馬上回歸工作崗位。」

震動諾克斯鼓膜的話語完全出乎他的意料。

「……什麼？」

「就……就只有這樣……嗎？」

諾克斯和巴頓互看對方一眼後，發出錯愕的聲音。

結果，威斯考特表現出一副不明白兩人在說什麼的樣子，露出納悶的神情。

隨後又像是意會過來似的點了點頭。

「喔喔，你們在掛心這件事啊。放心吧，公司一定會支付你們職災保險金——」

「不，不是這樣的……」

原本只要閉上嘴乖乖退下就好，但是威斯考特的反應太令人意外，諾克斯不由得繼續說：

「我們可是讓『材料A』逃跑了耶。沒有處分嗎……」

「嗯？不過看報告書，也很難說是你們的責任吧。我反而對你們面對〈夢魘〉(Nightmare)襲擊時冷靜的判斷給予很高的評價。因為個人的情緒而失去有能力的人才，不是太愚蠢了嗎？」

「這……這樣啊……」

諾克斯臉頰滴下汗水如此說完，威斯考特便補充了一句：「再說——」繼續說道：

「我原本就打算遲早放『材料A』自由。而且，現在也計劃在背地裡監視她的行動。我還得感謝你們，讓我省下故意演戲放她逃跑的功夫呢。」

「什麼——？」

聽見威斯考特意想不到的發言，諾克斯不禁瞪大了雙眼。

——這個男人為了讓「材料A」……好不容易抓住的精靈逃跑，才送她到日本來的嗎？

「社長，您究竟打算做——」

正當諾克斯想要繼續說下去的時候，他感覺到有人拉了拉自己的衣角。

移動視線後，發現巴頓正臉色蒼白地使勁搖著頭。

諾克斯看見他的表情才察覺自己問了多餘的問題，因此急忙端正姿勢。

「原來是這樣啊。那麼我們告退了……」

「嗯。」

威斯考特語氣隨和地舉起手。於是，諾克斯便和巴頓走出辦公室。

諾克斯在打開房門走出房間之前，都還緊張地心想背後會不會傳來聲音叫住他，然而……什麼事都沒發生。

諾克斯和巴頓兩人走在走廊上，走到聲音傳不到辦公室的距離後才同時「呼！」地吐了一口氣，宛如至今為止都待在無法呼吸的水中一樣。

「這究竟……是怎麼一回事啊？」

巴頓用衣服袖子擦拭額頭上冒出的冷汗一邊說道。諾克斯也做著同樣的動作回答：

「……不知道啊。他的頭腦構造大概跟咱們的不一樣吧，想去理解也是徒勞無功。不，不僅如此……」

「怎麼樣？」

「……不，沒事。」

面對巴頓的提問，諾克斯含糊其辭。

這裡是 DEM Industry 的辦公大樓。在這種可能隔牆有耳的空間裡，可不能把剛才頭腦浮現的話老實地說出口。

——我根本不覺得他跟自己一樣都是人類——這句話。

不對，正確來說——或許那個男人才沒把諾克斯兩人視為同樣的生物吧。

諾克斯想起他的眼神，宛如在看著爬蟲類或昆蟲之類構造和自己截然不同的生物，不禁打了個寒顫。

「……走吧，巴頓。」

「啊……好。」

諾克斯帶著巴頓走在走廊上。

心裡偷偷在尋找換工作的備選名單。

◇

「妳剛才說什麼──」

士道露出疑惑的表情凝視著眼前的少女。

──本条二亞，自稱漫畫家本条蒼二的少女。

即使士道不由自主地反問，但他並沒有漏聽少女說出的話，只是單純一時難以相信她所說的內容而瞠目結舌罷了。

沒錯。剛才這名少女說了──「精靈」。

那是破壞這個世界的災害，被視為空間震發生原因的生命體。

不過她們的存在是機密，照理說只有國家機關和軍事企業的高層等一部分的人類才知道。

而且，不僅如此。

她不只知道精靈的存在，甚至連士道的名字以及士道想和平解決精靈的問題這些事都知道。

「二亞……妳怎麼會知道這種事情？」

士道表情染上警戒之色並且問道。

「嗯？」

於是，二亞摘下為了工作而戴上的眼鏡，有些慵懶地撥了一下劉海。

「你說是為什麼呢？真是不可思議呢。」

「妳……妳少跟我打哈哈了。妳到底是什麼人！」

士道語氣強硬地說完，二亞便開玩笑似的揮了揮手。

「別吼那麼大聲嘛。我會好好告訴你的。」

然後以一派輕鬆的語氣說出以下的名字。

「──〈神威靈裝・二番〉。」

「什麼……！」

士道屏住了呼吸。

在二亞低喃這個名字的瞬間，周圍捲起光之漩渦纏繞二亞的身體。

「這是……！」

士道因突然發出的光芒而瞇起眼睛，出聲說道。

沒有錯，不可能會弄錯。這是──

「靈裝……！」

是的。這是精靈身穿的絕對鎧甲，同時也是堡壘，以濃密的靈力構成的光之衣。

——不久，光芒消失，顯現出二亞與剛才的女僕裝截然不同的全貌。

她穿著釋放出幻想般的淡淡光輝，宛如法衣的靈裝。在重要的部位所呈現的十字形設計以及覆蓋頭部的頭巾，總讓人覺得像是修女。

「這下子，你明白了吧？」

二亞聳著肩，露出狂妄的微笑。

士道從頭到腳看完二亞的姿態後，發出顫抖的聲音。

「二亞，妳是精靈……嗎？」

「嗯。如果有其他會變這種把戲的生物，也可能是那個東西就是了。」

二亞打趣地笑道。

不過，或許是對臉上仍帶著驚愕與戰慄之色的士道感到不滿吧，她手扠著腰，癟起嘴。

「搞什麼啊，你就不能給點其他反應嗎？虧我還裝模作樣地變身，搞得我很像傻瓜耶。」

「……咦？」

聽見二亞的語氣還是跟剛才一樣一派輕鬆，士道搔了搔臉頰。原本充斥房間的緊張感逐漸煙消雲散。

「至少做出『妳……妳說什麼！』這種反應吧。要不然就換個方式，對突然改變樣子的女生感到心動之類的嘛。你看嘛，你不覺得這件靈裝還滿性感的嗎？大腿根部的地方還有開衩耶。整體的材質很奇妙，呈現半透明，所以還能隱約看見身體的曲線。」

二亞如此說完，抬起左腳踩在旁邊的椅子上。這時，她白皙的大腿稍微從開高衩的地方露出，令士道不禁羞紅了臉，移開視線。

「……！」

「喔！就是這樣！這種反應！嘿嘿嘿，不錯喔，少年。你該不會愛美腿吧？原來如此啊，你還年輕，可以再貪心一點。」

二亞像是在誘惑士道似的朝他勾了勾手。明明裝扮像一名貞淑的修女，骨子裡卻完全相反。

「……啊～～真是的！」

士道不耐煩地胡亂搔了搔頭髮後，將移開的視線再次望向二亞。

「妳別鬧了。我搞不清楚狀況，頭腦一片混亂……二亞，我知道妳是精靈了，但是妳怎麼會知道我的事情？甚至知道我——正在和精靈溝通。」

「喔喔，這個啊？」

士道詢問後，二亞便將腳從椅子上放下，慢慢舉起手置於身體前方。

「因為職業性質的關係，我不太喜歡爆雷，不過我就特別告訴你吧。」

然後配合這個舉動，開啟雙唇——呼喚以下的名字。

「〈囁告篇帙(Rasiel)〉。」

於是下一瞬間，二亞手邊的空間產生扭曲，隨後從中冒出一本書。
那是一本看起來像某種聖典的巨大書籍。書皮的材質難以判定是皮革還是金屬，非常神奇，和二亞的靈裝一樣有著大十字形的設計。
「那是……天使？」
「沒錯。我的天使〈囁告篇帙〉——能看穿這個世界的一切事物，無所不知的天使。」
「什麼……」
聽見二亞的話，士道皺起眉頭。
「無所不知……？這是什麼意思？」
「就算你這麼問我……就是字面上的意思啊。〈囁告篇帙〉能告訴我森羅萬象的一切事物。世界的哪個地方正發生什麼事，誰在做什麼。比如說——對了，它還會告訴我你買完東西後正要經過那條路。」
「什麼——」
聽見二亞說的話，士道的表情因戰慄而皺起。
二亞覺得他的表情很有趣，嘻嘻嗤笑。
「——你該不會以為真的是碰巧吧？照顧一個碰巧倒在路邊的女生，結果她碰巧就是精靈。不是吧，照理說這根本不可能吧。至少我可不會有這種天真的想法。」

「……也就是說，妳看準了我會幫助妳，才故意昏倒在那裡嗎？」

「就是這樣。」

二亞大大地點了點頭回答。士道因緊張而嚥了一口口水。

「……那麼，妳要我幫忙畫原稿也另有意圖嘍——」

「啊，我只是真的想要你幫忙而已。」

「原來是真心的喔！」

士道語帶哀號地吶喊。不對……要是真有什麼企圖也是滿可怕的，但聽到她是真心想請自己幫忙卻也放心不下來。

不過，二亞打從一開始就知道士道的事情而拐騙他進自己家似乎是事實。士道輕輕甩了甩頭，打起精神後面向二亞。

「所以——二亞。妳到底有什麼目的？為什麼……把我騙到這裡？」

士道詢問後，與臉部僵硬的他呈現對比的二亞便聳了聳肩，以一派輕鬆的語氣說道：

「你不要對我戒心那麼重嘛，也不是什麼大事。硬要說的話，我只是想親眼看看少年你罷了。就算用〈囁告篇帙〉可以得知你的事情，但那終究都只是情報而已。百聞不如一見嘛。」

二亞用指尖撫摸著靜止在空中的〈囁告篇帙〉的書皮，繼續說道：

「另外——我想想喔，也算是想跟你道個謝吧。」

「道謝……？」
士道疑惑地皺起眉頭。他的確幫助了倒在路旁的二亞，但如果他只是正中二亞的下懷，那麼二亞向自己道謝感覺也怪怪的。
或許是察覺到士道的想法，二亞搖了搖頭否定：
「啊～～不是啦，我不是要感謝你那件事，而是這個月初你救了我。」
「咦？」
士道發出錯愕的聲音。
這也難怪，因為今天是士道第一次見到二亞。不僅如此，說到這個月初，正好是士道路徑變狹窄導致靈力失控的時候。反而是士道受到其他人幫助的時期。
「咦，你不記得了嗎？就是你聽到我的呼喚，幫我擊落了運輸機，因此我才能逃脫。」
「呼喚……啊——」
聽二亞這麼一提，士道赫然抖了一下肩膀。
由於當時意識朦朧，記憶模糊，但他確實有聽到某人的呼喚而釋放出靈力的印象。
「難不成，當時是妳在呼喚我……？不過，運輸機是指……」
「載著我的運輸機。DEM Industry 的。」
「……！DEM！」

聽見出乎意料的名字，士道的表情變得嚴肅。ＤＥＭ——Deus Ex Machina Industry，是根據地在英國的巨大企業，也是與琴里他們〈拉塔托斯克〉呈對比，以捕捉精靈為目的的組織。實際上，士道等人也曾經三番兩次跟他們起衝突。

「為什麼妳會在ＤＥＭ的運輸機上……？」

士道納悶的表情帶著些許警戒如此詢問後，二亞便表現出一副若無其事的樣子繼續說道：

「嗯？因為我被他們抓住啦。哎呀，他們把我關在地底下好長一段時間呀，害我全身僵硬，手上的連載也中斷了好久，真是衰透了。」

二亞如此說道並把手伸進頭巾，胡亂搔了搔頭。

由於二亞說話的口氣太過雲淡風輕，害士道差點當作耳邊風聽過就算，不過——他馬上就理解了這番話的內容，瞪大了雙眼。

「妳被ＤＥＭ抓了——？」

「嗯，對啊。大概被抓了五年吧。就是被那個叫什麼名字來著？體質很虛的。」

二亞如此低喃後，用左手手指撫摸〈囁告篇帙〉的書皮。

於是，〈囁告篇帙〉像是對此產生反應般微微震動了一下，書頁開始釋放出淡淡的光芒，自動翻動起來。

二亞將視線落在紙面上，捶了一下手心。

「——啊，對了、對了。是叫艾蓮，艾蓮．米拉．梅瑟斯。我是被那傢伙給抓住的。真是敗給她了。她埋伏我，突然向我攻擊。」

「艾蓮——」

聽見二亞說的話，士道僵硬的表情更加嚴肅了。

艾蓮．米拉．梅瑟斯。她是 DEM Industry 的第二執行部部長，同時也是人類最強的巫師，與士道和〈拉塔托斯克〉也因緣匪淺。以她的能力，的確有可能抓到精靈。

「妳……妳還好嗎？」

「嗯……其實我記不太清楚了，有很多機器困住我，讓我覺得很煩。啊，不對，我更正。有一件事讓我很痛苦，就是他們完全不讓我畫漫畫。真是的……那麼久沒握畫筆，手感都生疏了。要是漫畫賣得不好，他們又不會補償我。」

二亞如此說著，心煩氣躁地盤起胳膊。士道一瞬間皺起眉頭。這件事對本人來說或許是很嚴重的問題，但是……士道覺得那間冷酷無比的ＤＥＭ公司對待她的方式算是非常溫和了。

而且士道還有更在意的事。他將視線轉回二亞的身上，詢問：

「話說，二亞，妳的天使什麼事情都能知道吧？那麼埋伏的事……」

士道話還沒說完，二亞便用力揮了揮手表示否定。

「啊……不是不是，你誤會了。」

「什麼意思……」

「〈囁告篇帙〉的確是無所不知的天使，但它只能提供我想知道的情報，既不能預知未來也不會自動察覺到危機。總而言之，我根本無法避免出乎意料的事態。〈囁告篇帙〉的功能比較接近超超高性能的搜索引擎吧。」

「原來……是這樣啊。」

士道嚥了一口口水，搔了搔臉頰。

「我本來以為這是個非常厲害的能力……結果還是有限制。」

於是，二亞「哦？」的一聲瞇起眼睛。

「你倒是挺敢說的嘛，少年？不過，看來你還不太清楚〈囁告篇帙〉的能力。」

「咦……？」

「〈囁告篇帙〉上寫的事情全都是事實。換個角度想的話——」

二亞露出狂妄的笑容，慢慢舉起左手伸到頭上，用手指勾住頭巾上的裝飾，一口氣抽了出來。

於是，便看見剛剛隱藏在頭巾裡的裝飾前端宛如筆尖的形狀。

二亞拿起那支筆，開始在靜止於空中的〈囁告篇帙〉上移動。

「…………」

「…………」

「…………」

「……我說，妳在幹什麼啊？」

過了幾分鐘，士道出聲對仍在運筆的二亞說道。

「等一下，快結束了。」

二亞眼神認真地如此說完，再次回到剛才的動作，在天使上移動筆尖。

然後，又過了幾分鐘。

「——好了，差不多這樣吧。」

二亞說完，這才終於抬起頭，將筆放回原來的位置，用指尖敲了敲〈囁告篇帙〉。於是，〈囁告篇帙〉配合這個動作開始釋放出微弱的光芒。

「怎……怎麼回事？」

「你馬上就會知道了。差不多該執行了。」

「咦？呃，嗚哇！」

士道不禁驚聲尖叫。

不過，那也是理所當然的事。因為他的身體擅自動了起來。

「這……這是怎麼回事啊！」

「啊——很好、很好，過來這裡。」

二亞說著趴了下來。結果，士道的身體自動跨在她身上，開始用雙手靈巧地幫她按摩腰部。

「啊啊……就是那裡，好舒服啊——」

「等……等一下。這到底是怎麼回事啊……？」

士道正感到困惑時，他的手開始不安分地蠢動，撫摸二亞的屁股。

「呀！你這個色狼！」

「不……不是，剛才不是我——！」

士道高聲吶喊後，身體這才終於能按照自己的意志行動。他急忙跳離二亞身上，肩膀上下起伏地喘著氣。

二亞看著士道的模樣，坐起身子哈哈大笑。

「總之，就是這樣。」

然後輕輕敲了敲〈囁告篇帙〉的書皮，將紙面朝向士道的方向。

上頭畫著漫畫，應該是剛才二亞畫的。而且仔細一看，漫畫的登場人物和士道以及二亞十分相似——不僅如此，連內容都跟剛才發生的事情一模一樣。

「這……這是……」

「未來記載。我說過了吧？〈囁告篇帙〉記載的全是事實。沒錯，就算那是後來才加上去的也一樣。」

「……！妳……妳說什麼……！」

士道發出驚愕的聲音。這也難怪，要是真能做到這種事，那麼二亞就能隨心所欲地創造出未來了。那已經不是一句恐怖所能概括的程度，而是接近天神的能力。

不過，士道有一件事情很在意。

「……為什麼要畫成漫畫？寫字不是比較快嗎？」

「嗯……因為不畫成漫畫很難表達我想要的感覺。不過，為了描述幾十秒的事情就要花上許多時間，有空畫這種東西還不如去工作，所以沒有想像中那麼好用呢。」

「……呃……」

士道的臉頰滴下汗水。自己剛才目睹的是足以扭曲世界真理的能力，但是……不知為何，經過二亞的評判後，感覺這能力也沒那麼威風。

或許是察覺到士道的想法，二亞又露出不滿的神情。

「啊，你又露出鄙視我的表情了。少年你要是擺出這種態度，我就再露一手給你瞧瞧好了，讓你體會能知道這個世界所有已發生的事情有多麼可怕。」

「咦……？」

士道聽了二亞說的話，皺起了眉頭。於是，二亞和剛才一樣撫摸〈囁告篇帙〉的書皮，翻動頁面。

接著看著紙面，用手抵住下巴。

「嗯、嗯……原來如此，瞬閃轟爆破？哦？很酷嘛。」

「唔嘎！」

聽見二亞口中說出意想不到的話，士道頓時發出高八度的奇怪聲音。

因為那是士道以前所想出的原創必殺技的名稱。

二亞得意地揚起嘴角，在發出淡淡光芒的頁面上移動著視線。

「啊，找到原創的角色了。黑衣戰士利凡啊？啊，我懂、我懂，黑色很帥氣吧，黑色。啊，不過，如果以他為主角來構思故事，最好設定一個弱點來引起讀者的共鳴和增添故事的緊張感。另外，你當時的年紀可能還不好意思畫女生角色，但是女主角的設定最好再完善一點，畢竟直接關係到銷售量嘛。」

「不要用專業的角度來建議我啦——————！」

士道抱著頭扭動身軀。雖然他認為有經驗的人能理解自己的作品，但過去拙劣的原創設定被別人知道，同時也會感受到被無形的刀刃剜挖五臟六腑般的痛苦。

士道在原地痛苦地糾結了一會兒後，氣喘吁吁地站起身來。

於是，二亞得意洋洋地微笑道：

「怎麼樣啊？你有稍微體會到〈囁告篇帙〉的可怕了吧？」

「……有。威力非常強大。抱歉，我說話的語氣太自以為是了。」

士道如此說著低頭道歉後，二亞便滿足地點了點頭。

「很好。我就施展能力到這裡吧。多虧你的幫忙，我才能逃離那裡又繼續開始連載，我真的很感謝你。」

二亞望向士道，接著說：

「——不過，就你們的立場而言，總不能接受完道謝就揮揮手再見吧。是叫作〈拉塔托斯克〉……嗎？讓精靈迷戀上你來拯救精靈嗎？還真有意思。所以，你也會追求我嘍？」

「這個嘛……」

——應該會吧。二亞似乎是比較適應人類社會的精靈，但老實說，既然不知道她何時會引發空間震，就希望能將她納入〈拉塔托斯克〉的保護下。

更何況她還曾經被DEM捉住。既然無法保證她不會再被捉第二次，那麼放她一個人生活就太危險了。

可能是從士道的表情推測出他的心思，二亞誇張地點了點頭。

「也好、也好。這樣也很有意思。神祕組織什麼的，太令人興奮了。而且我剛才也說過，我很感謝你，所以就給你一次機會當作我的回禮吧。」

「機會——啊……」

士道瞪大了雙眼。因為他想起剛才二亞說過的話。

沒錯。二亞說了等她交完這次的原稿就能休假。

「只不過，地點得在秋葉原，這一點我絕不退讓。我被監禁了五年耶，身體在渴求二次元，戒斷症狀超嚴重。我想看那部漫畫的續刊、那個作者的新作品，想看得全身都開始發抖了。」

二亞說完抱住自己的肩膀，假惺惺地窮發抖。

「交完稿後有下一個工作要做，年底又要忙COMICO，暫時抽不出時間，請多見諒啊。畢竟我還滿紅的嘛。」

二亞猛然豎起手指。士道的臉頰流下汗水。

「COMICO？」

「Comic Colosseum，就是同人誌即賣會啦。哎呀，本來報名的攤位已經額滿，想說今年只能當當顧客過過癮，但好像有人突然生病沒辦法賣書，我就跟他租下攤位了，原稿有在被ＤＥＭ抓住之前畫好的。哎呀，我也好久沒參加COMICO了呢～～」

二亞交抱手臂，感慨萬千地點頭道。就在這個時候，她似乎發現自己把士道晾在一旁，便轉過頭望向他。

「啊，抱歉、抱歉。總之，就是這樣。」

二亞用大指拇指向自己的胸口。

「──我給你機會。讓能我迷戀上你的話，就儘管放馬過來吧。」
然後配合這個動作揚起嘴角。聽見她自信滿滿的話語，士道不禁倒抽了一口氣。
「……！」
「當然，我不會偷看你們的作戰會議，放心好了。我討厭爆雷，更討厭踩雷。所以你就安安心心──呃……」
配合著二亞的視線，〈囁告篇帙〉開始翻動頁面。
「啊，對了、對了，琴里。十四歲就擔任司令，真厲害呢。你就盡情跟你妹妹擬定作戰計畫吧。只是──雖然自己這麼說有點不妥，但我還滿難動心的喔。你就做好萬全的心理準備吧。」
二亞「啊哈哈」地笑著說完，揮了揮手。
「──那麼，今天差不多該解散了吧。我得完成原稿，少年你也得幫大家做晚餐吧？」
「啊──二亞。」
「好了、好了，有什麼話當天再說。時間與碰面地點我之後會再通知你──啊，我可以擅自調查你的手機信箱嗎？」
「嗯，可以……這倒是沒關係。」
「是嗎？謝啦。那就再見啦。我很期待我們的約會喔。」
士道怔怔地看著事情一件又一件地決定。二亞如此說完，便送士道離開房間。

◇

「──你說……被ＤＥＭ囚禁的精靈？」

回家後，士道打電話給地下設施，把剛才發生的難以置信的事情告訴對方後，琴里便立刻回到了五河家。

她從士道口中聽說詳細的情形後，豎起嘴裡含著的加倍佳糖果棒，聳起肩說道：

「而且，對方還在好幾年前就在這邊的世界當漫畫家畫漫畫……？一時之間實在令人難以置信呢……不過，實際上就曾發生過像美九這樣的例子，也無法斷定沒這個可能……」

琴里將手抵在下巴低吟。誘宵美九和十香等人一樣，是士道曾經封印靈力的精靈，但是在士道他們發現她的存在時，她竟然已經成為一名偶像展開演藝活動，大受歡迎。相比之下，這次的實例搞不好還低調多了。

就在士道和琴里談話的時候，後方傳來了一道聲音。

「唔……？士道，你跟琴里在聊什麼啊？」

站在那裡的是一名少女，她擁有一頭漆黑長髮和一雙映照出水晶般色彩的夢幻雙眸。夜刀神十香，她是士道過去封印靈力的精靈，如今則是士道的鄰居兼同班同學。

「原來是十香啊。嗯……我們在談一些公事。」

「喔喔，是這樣啊。抱歉，打擾你們了。」

十香低下頭說道。於是，客廳的方向也跟著傳來其他聲音。

「——士道，本宮的五臟六腑都在渴求著祭品。還不盡快獻上盛饌。」

「翻譯。耶俱矢說她肚子餓扁了，想吃士道做的美味料理喵。」

「不要加上奇怪的語尾啦！」

從沙發椅背探出身子的兩名少女說著這樣的對話。

她們長得一模一樣，甚至讓人有種在照鏡子的錯覺。一方穿著黑底紅色英文字母的T恤，另一方則是穿著粉色系的針織衫。她們是和十香一樣住在五河家隔壁公寓的雙胞胎精靈，八舞耶俱矢、八舞夕弦姊妹。

「啊，抱歉、抱歉。馬上就做好了，再等我一下。」

士道苦笑著如此回答後便掀起烤魚的烤網，確認今天的主菜鹽烤青花魚的燒烤狀況。

沒錯。士道現在正一邊準備晚餐一邊和琴里商量精靈的事。在談論剛才的話題時，士道也圍著圍裙，一隻手拿著長筷，另一隻手則握著湯勺。從旁人的眼裡看來，根本沒有人會認為兩人在談論足以左右世界命運的重要話題吧。

「嗯，烤得不錯。喂——差不多可以幫我擦桌子嘍。」

「好！」

士道大喊後，耶俱矢、夕弦、十香，以及在客廳和十香聊天的兩名嬌小少女如此回應。

一名是左手戴著兔子手偶，看起來個性很溫柔的少女——四糸乃，而另一名則是特徵為駝背，眼神不悅的少女——七罪。兩人和其他人一樣，都是被士道封印靈力的精靈。

這群精靈聽從士道的指示，開始整理餐桌。把放在餐桌上的雜誌和報紙放回原位，用擰乾的抹布擦拭桌面，擺放筷子筒、醬油罐和菜碟等餐具。

「……話說回來——」

琴里望著這樣的光景，唉聲嘆了一口氣。

「無所不知的天使〈囁告篇帙〉啊……能知道任何自己想知道的情報，甚至能描繪未來。出現了可怕的天使呢。」

聽見琴里說的話，士道深深地點頭同意。

「是啊……琴里妳也有可恥的過去呢。」

「啥？你……你在說什麼啊？」

士道望著遠方說完，琴里便羞紅了臉頰，皺起眉頭。

「還問我，我們以前睡在一起的時候，妳不小心尿床了。因為妳哭得太厲害，我就假裝是我尿的，現在回想起來，爸媽當時的表情根本就知道是誰尿的……」

「呀！呀啊啊啊啊啊！」

士道盤起胳膊說完，琴里便發出尖銳的聲音摀住士道的嘴。

結果，她的尖叫聲似乎引起了八舞姊妹的好奇心，兩人同時望向她。

「嗯？汝等二人在聊些什麼？看起來很開心嘛。」

「首肯。夕弦剛才好像聽到了尿床。」

「我們是在說臨床啦！不說這個了！整理好桌子的話就去裝菜吧！耶俱矢去裝魚，夕弦去盛滷菜！」

琴里擺出不容分說的態度，將長筷遞給耶俱矢，湯勺遞給夕弦。

「這……這樣啊。」

「明白。夕弦知道了……」

可能是被琴里非比尋常的氣勢給震懾了，兩人乖乖聽從她的指示，開始盛裝料理。

「…………」

確認她們都去盛菜後，琴里將頭轉回士道的方向。看見琴里駭人的表情，士道不由自主地「噫！」了一聲，屏住了呼吸。

「……下次你敢在別人面前提起這件事……後果你知道吧？」

琴里用冰冷徹骨的音調如此說道。仔細想想，琴里雖然不像二亞那樣瞭如指掌，但還是握有士道過去的把柄。要是跟她作對，不知道會遭到什麼樣的報復。

「了……了解……」

士道舉起雙手表示投降，琴里便「哼」地吐了一口氣，重新坐回椅子上。

「……我的意思是要是真的有那種天使存在，那麼任何保全系統都沒有意義。像是國家的最高機密或是軍事相關的事情，全都攤開在她眼前嘛。根據使用方法的不同，也能輕易引發戰爭。那種東西竟然直到最近都在ＤＥＭ的手中……光是想像就讓人嚇得直發抖。」

「妳……妳說的……沒錯。」

聽琴里這麼一說，士道的臉頰滴下汗水。

就直接跟本人說過話的印象來說，士道不認為二亞會將天使用在那種事情上面……不過，要是有人惡意利用那股力量，世界會受到有別於空間震的另一種災害吧。

琴里將加倍佳棒棒糖抽出嘴巴，像指揮棒一樣揮動著繼續說道：

「另外，這只是題外話啦。」

「嗯？什麼？」

「要是真的有那種天使存在，或許就能得知我們正在追查的〈幻影（Phantom）〉相關情報。」

琴里豎起加倍佳糖果棒說了。

「！妳說的沒錯……！」

士道瞪大了雙眼如此說道。

過去將琴里變成精靈的來歷不明的精靈〈幻影〉。

的確只要利用〈囁告篇帙〉或許就能調查到那個至今仍下落不明，掌握不到真面目的精靈。

「而且──」

「而且什麼？」

士道反問後，琴里便稍微挪開視線，繼續說：

「……搞不好也能找回你和真那遺忘的過去的記憶。」

「啊──」

聽見琴里說的話，士道再次將一雙眼睛瞪得老大。

沒錯。士道和真那是親兄妹……應該是這樣沒錯，但兩人都完全失去了當時的記憶。

琴里露出有些複雜的神情，將手肘抵在桌上。

「……不過，那終究只是假設性的問題。我們可不是為了利用精靈的力量才試圖封印她們的靈力。保護二亞是最大的前提。我們當然也會支援你，你要加油喔，士道。」

「好……好的……我知道。」

的確──琴里說的沒錯。雖然在意〈幻影〉和自己成長的經歷，但那終究只是次要。要是優先考慮到那種事情，二亞恐怕也會感受到這不單純的動機吧。

士道甩了甩頭屏除雜念後，用力握緊拳頭。

◇

兩天後，士道在秋葉原車站電氣街口側的驗票閘口前等待二亞。

明明是平日，車站卻人潮眾多。可能是因為近幾年成為有名的觀光地區，也能看到三三兩兩的外國人。

士道一邊注意驗票閘口避免錯過走出車站的二亞，瞥了一眼周圍的景象。

雖然以前也來過幾次，但這個車站果然還是很有特色。到處貼著的廣告以動漫、遊戲相關占大多數，甚至讓人有種來到陌生世界的感覺。這種奇妙、虛幻的感覺，或許就是人們聚集到這個市區的主要原因之一吧。

『——啊，啊，聽得到嗎，士道？』

此時，裝戴在右耳的耳麥傳來琴里的聲音。因為站在車站的驗票閘口前，周圍十分吵雜，但〈拉塔托斯克〉利用高端機器所開發出來的耳麥傳到士道鼓膜的聲音非常清晰。

「喔喔，聽得到。」

『約定的時間快到了。如今〈佛拉克西納斯〉不能使用，無法在一瞬間將你從城鎮中傳送到別的地方。聽你的描述，她似乎不是一個好戰的精靈……但你還是要多加注意。』

「我知道。她說之後抽不出時間，所以今天必須想辦法提升她對我的好感度才行。」

士道說完，耳麥接著傳來箕輪的聲音。她和琴里一樣都待在地下臨時司令室。

『司令、士道！目標人物……二亞來了！』

「……！來了嗎？」

『那麼，士道——開始我們的戰爭吧！』

「好——！」

士道點頭答應後便放下觸碰耳麥的手指，望向驗票閘口內尋找二亞。

於是，驗票閘口另一邊恰巧出現許多人潮。想必是到站的人們在同一個時間點出站吧。

「我看看，二亞人在哪裡……」

士道仔細掃視接二連三通過驗票閘口的人群，在其中發現一名熟悉的少女。她就是士道今天等待的精靈，二亞。

不對——正確來說，用熟悉這個詞來表達……或許有點不貼切。因為二亞現在既不是前幾天昏倒在路旁的打扮，也不是穿著宛如修女服的靈裝，而是穿著老舊的牛仔褲、鬆垮的羽絨衣，以及一條遮住嘴巴的圍巾。二亞每次呼吸，掛在臉上的眼鏡便會染上一層薄薄的霧氣。

更醒目的是她所帶的東西。她揹著一個大雙肩背包，但裡面好像沒有裝任何東西，扁扁的。

而且她的左手推著一個行李箱，令人懷疑她是要出國旅行嗎？不僅如此，仔細一瞧，行李箱上還用橡膠帶綁著一台小型折疊手推車。

「……嗚喔！」

二亞的裝備完全捨棄可愛或性感這類的要素，就像是專門用來搬運行李。士道見狀，不由得露出乾笑。

就在這個時候，二亞似乎發現了士道。她輕輕揮著沒拿東西的右手，「喀啦喀啦」地拖著行李箱走向士道。

「嗨，少年，早安啊。真是個清爽的早晨呢。」

「……嗯，是啊。該怎麼說呢……妳的裝備還真齊全呢。」

士道說完，二亞一瞬間瞪大了雙眼，接著顫抖著肩膀「嘿嘿嘿！」地笑道：

「討厭啦，你在說什麼啊？我們接下來要去買東西吧？」

「嗯……嗯，對喔。」

士道含糊地回答後，右耳的耳麥便傳來琴里的聲音。

『——士道，選項出來了。』

空中艦艇〈佛拉克西納斯〉的船員聚集在〈拉塔托斯克〉地下設施的臨時司令室。

司令五河琴里坐在中央的位子，副司令神無月恭平則站在她的後方。六名機構人員各自坐在控制檯前，視線集中在螢幕上。

設置在房間牆面上的大螢幕顯示出二亞毫無女人味的特寫身影，上頭跳出列了選項的視窗。

①「妳打扮得好可愛喔，很適合妳。」

②「妳打扮得真老土，我幫妳挑一套新衣服吧。」

③「哦……妳這身打扮讓我真想脫掉妳的衣服呢。」

雖然比不上本來的設備，但現在司令室中所有的機器都跟修復中的〈佛拉克西納斯〉的AI連線，因此能像以前一樣使用選項系統。

「全體人員，選擇！」

琴里一聲令下，所有船員開始操作手邊的控制檯。

螢幕上立刻顯示出結果。

選項①最少，②跟③平分秋色。

「哦，這結果真是出乎意料呢。最保險的選項①竟然得票數最低。」

琴里晃動著嘴裡含著的加倍佳糖果棒說完，並坐在前方位子上的船員們便高聲說道：

「因為很難說出口吧，二亞那身打扮實在太……」

「就是說啊。感覺老實稱讚她的話，聽起來反而像在諷刺。」

〈詛咒娃娃〉椎崎和〈保護觀察處分〉箕輪將手抵在下巴，望向螢幕中的二亞。

她們說的沒錯，二亞那身打扮實在無法昧著良心誇讚她很有女人味或是性感。

「那麼選②不是比較好嗎？先毒舌，再表現出一點溫柔，而且還能順勢製造出幫她挑衣服的機會。對酒店的女人來這一招，肯定行得通。」

〈社長〉幹本猛然豎起指頭說道。不過，〈穿越次元者〉中津川和〈迅速進入倦怠期〉川越發出宏亮的聲音反駁：

「不，請您仔細思考一下。二亞今天可不是來買衣服的！明明是來買漫畫、輕小說、公仔和藍光光碟，卻被帶去服飾店挑衣服，簡直就是酷刑嘛！」

「也是。而且聽士道的描述，她似乎也不排斥這類的話題。適當地開黃腔可以有效地拉近彼此的距離。」

「唔……」

聽完大家的意見，琴里撫上連接到士道耳麥的麥克風。

「——士道，選③。」

「…………」

接收到司令室下達的指示，士道的臉頰抽搐了一下。就算對象是二亞，一碰面就說這種話，她可能一整天都會對自己有介心吧。

不過，總不能一直沉默不語。士道吸了一口氣後打量二亞的全身，搓揉著下巴開口：

「哦、哦……妳這身打扮讓我真想脫掉妳的衣服呢。」

「咦？」

於是，二亞深感意外地瞪大了雙眼後——

「嘿嘿嘿，怎麼，少年，你今天想跟我發展到那種階段嗎？看你外表長得挺老實的，內心倒是很主動嘛。」

二亞如此說道，用手肘輕輕撞了撞士道的腹部。

「啊哈哈……沒有啦，不是這樣……」

「咦？還是說，要封印靈力必須做到那種地步啊？哎呀，我還以為只要接吻就行了咧。太失策了，情報收集得不夠完整呢。欸，我可以去換一下內褲嗎？」

「什……什麼！」

士道發出錯愕的叫聲，二亞再次哈哈大笑。

「我開玩笑的啦！」

說完，她用力拍打士道的肩膀。

士道儘管鬆了一口氣，臉上還是浮現僵硬的苦笑。不過——

「我早就穿好性感內褲了。」

「妳說的開玩笑是指這個喔！」

聽見二亞接著說出的話，士道再次發出高八度的奇怪叫聲。

「啊哈哈哈哈！」

於是，二亞捧腹大笑……看樣子，這句話也是在開玩笑。

『她的情緒還真是高亢呢……』

耳麥傳來琴里呆愣的聲音。

『不過，她的反應不錯嘛。照這個樣子努力下去吧。』

「嗯，好……說的也是。」

士道用二亞聽不見的聲音如此回答。

不過，或許是察覺到士道的動作，二亞微微動了動眉毛，探頭窺視士道的臉。

「嗯？啊，你該不會正在跟司令部通訊吧？」

「咦！不，我……」

「那邊會有攝影機在天空飛嗎？耶！琴里，看得到我嗎？」

二亞看著頭頂擺出V字勝利手勢。她這個奇怪的舉動一瞬間引起周圍路人們的關注，但路人們馬上又失去興趣似的移開視線。

『……嗯，看得到。看得十分清楚。』

可能是透過螢幕看見二亞的舉動了，士道的耳邊傳來這樣的聲音……總覺得光是聽聲音，腦海裡就浮現琴里不快的表情。

不過，那也是理所當然的事。因為二亞早已透過天使〈囁告篇帙〉的力量，事先知道士道他們打算做些什麼了。

利用約會打動精靈的芳心進而封印靈力。雖然早已做好心理準備對方會知道這些步驟，但這個對象果然還是非常難應付。

士道對至今仍朝著虛空比出V字手勢的二亞語帶嘆息地說：

「……她好像有看到喔。」

「喔喔！完全看不到攝影機卻能拍到我的身影，真是太厲害了。高科技！」

二亞揮了幾次手摸索著自動感應攝影機後，低聲發出讚嘆。

然後挺直背脊，微微伸了一下懶腰，手扠腰說了一聲：「好！」接著對士道行一個禮。

「那麼，今天就請多指教了。請盡情打動我吧。」

「喔，好……請多指教。」

聽到別人當面對自己說這種話感覺超害羞的。士道羞紅了臉頰如此回答。

不過，二亞卻不怎麼在意的樣子望向街頭。

「那麼……就朝令人懷念的秋葉原出發吧！」

然後直接拖著行李箱，打算邁開腳步。

「——我幫妳拖吧。妳一個人拖太累了。」

「啊，真的嗎？討厭啦，少年你真是紳士～～」

二亞輕輕戳了戳士道的上臂。士道「啊哈哈」地笑著接過行李箱。

於是，二亞一張一合她那因此空出來的手說道：

「所以？我的手空出來了，怎麼辦？要牽手嗎？」

「咦？」

聽見二亞若無其事說出來的話，士道瞪大了雙眼。他沒想到二亞會突然說出這種話。

二亞看見士道的反應，露出一副弄巧成拙的表情，做出逗趣的姿勢輕輕敲了敲自己的頭。

「抱歉、抱歉。也對，這種話應該由男生來說吧。」

「嗯，是啊……妳說的對。」

士道雖然覺得總有些不好意思，還是伸出了手。

「二亞……要不要牽手？」

接著，二亞縮起肩膀，手抵著嘴巴移開視線。
「咦！我們才剛見面你就要求牽手，不太好吧……」
「不是妳先提出來的嗎！」
士道不由得提高八度音大喊。二亞「啊哈哈！」地捧腹大笑。
「哎呀，哈哈哈，我開玩笑、開玩笑啦！」
然後伸出手來。由於二亞沒有戴手套，微涼的觸感包覆住士道的手。
「好了，那我們走吧。」
「嗯……好。」
士道拖著行李箱，被二亞拉著走。
此時，耳邊傳來高亢的聲音指責士道。
『喂，士道，你完全被她牽著鼻子走嘛！』
「我也沒辦法啊……」
士道一臉困擾地走在路上，二亞在走出通道時突然停下腳步。
接著鬆開剛剛才牽起的手，快步跑向前方，在道路的正中央深深呼吸了一口氣。
「嗯！好久不見！秋葉原啊！我回來了！」
說完，二亞東張西望地環顧四周。

「好一陣子沒來，改變真大呢！感覺真是新奇！」

「妳不是早就透過〈囁告篇帙〉得知這種變化了嗎？」

士道拖著行李箱說完，二亞便輕輕發出低吟聲。

「不，沒有必要時，我都盡量不使用〈囁告篇帙〉。」

「咦？是這樣嗎？為什麼？」

「嗯……」

聽見士道的提問，二亞有些支支吾吾說不出話來。

不過，她立刻打起精神，單手扠腰搖動手指說：「嘖、嘖、嘖！」

「我不是說過了嗎？我討厭爆雷。而且，透過〈囁告篇帙〉得知的終究只是知識和情報，遠遠比不上用眼睛耳朵皮膚感受到的真實景像。」

「是……是這樣啊……」

「就是這樣——那麼按照預定，就先從書籍相關……」

就在此時，二亞突然止住了話語，像是想起什麼事情似的陷入思考。

「啊……對喔，嗯……」

「嗯？妳怎麼了？」

「沒有啦，這次的約會在名目上基本是為了獎勵少年你吧。可是一開始就陪我去買東西，感覺不太好。」

「不會啊，我無所謂……」

「不可以！這怎麼行！所以，往這邊走吧！」

二亞如此說完，再次牽起士道的手慢步前進。

「哇！我……我們要去哪裡啊？」

「嘿嘿嘿，到了你就知道。」

二亞走在路上，最後停在某棟建築物前。

「到了，就是這裡～～」

「這裡是……」

「嗯，角色扮演服裝店。」

「為什麼帶我來這裡！」

士道發出驚愕的聲音後，二亞便「啊哈哈」發出愉悅的笑聲。

「明知故問～～來，進去吧、進去吧。」

「哇……別……別推我啦！」

士道被二亞硬推進店裡。

店內羅列著各式各樣的服裝。從動漫角色的服裝到各種職業的制服，應有盡有。

「哇喔！」二亞眼睛散發出閃耀的光芒物色服裝……拿起三件制服，回到士道面前。

「——來！你有三種選擇！」

「咦！」

聽見宛如琴里下達指示般的話語，士道不禁抖了一下肩膀。

「少年你想讓我穿上的制服是哪一件！

①護士服。

②女僕裝。

③《女武神蜜絲緹》午夜最終形態。

來吧——開始選擇！」

二亞大喊，嘴裡「滴答滴答……」地碎唸表示時間限制。

順帶一提，二亞的手上拿著護士服、女僕裝還有用閃亮布料縫製而成的十分華麗的服裝。

「咦，呃，就算妳突然這麼對我說……話說，最後一件衣服種類根本不同吧！」

『士道，這時就配合二亞吧。選擇一件！』

耳麥傳來琴里的聲音。

「啊～～真是的，我都已經搞糊塗了……！」

士道在一片混亂中指了一件二亞拿著的服裝。

「那就①！①吧！」

「①是吧？」

「……對。」

「真的嗎？你絕對不後悔？」

「大……大概吧……」

「不選午夜最終形態真的沒關係嗎？」

「既然妳那麼想穿，一開始就別讓我選嘛！」

士道忍不住大叫出聲。於是，二亞揮了揮手。

「開玩笑、開玩笑的。現在是大方送時間，以少年你的期望為優先。」

「我也不是說期望……」

「果然是這樣嗎？自從被以前住院時的美女護士調戲以後，你一看見白衣就會莫名地燃起欲望嗎？」

「不要隨便捏造故事好嗎！」

士道高聲吶喊，二亞又開心地笑了。

「那你等我一下喔，我馬上去換。」

她拿著護士服走進眼前的試衣間。

她拉起布簾後立刻傳來脫衣服的摩擦聲。士道感覺心情有些奇妙，羞紅了臉頰移開視線。

不久，二亞發出聲音。

「——啊，少年少年，你要偷看的話，現在是最好的時機喔。我剛才照了鏡子後發現穿絲襪穿到一半超性感的！」

「妳知道妳在說什麼嗎！」

士道聽見隔著布簾傳來的話，不禁高聲吶喊。

「咦，可是你不覺得這樣殺傷力很強嗎？加乘作用意外地好呢。」

二亞說完這句話後，下一瞬間，布簾就「唰」的一聲從試衣間的內側拉開。

「什麼……！」

面對出乎意料的事態，士道僵住了身體。

因為二亞還在換衣服。雖然戴上了護士帽，但衣服只穿過了袖子，前面的釦子還沒扣上，處於露出內衣褲的狀態。而且絲褲才穿到一半，正如二亞所說，這副模樣超級性感。

「對吧，很性感吧。哎呀，這可是新發現呢。」

「別說了，快把衣服穿好！」

士道大喊後，急忙拉上打開的布簾。

「好了，既然達成目的了，就讓我去逛書店吧。」

十幾分鐘後，二亞走出角色扮演服裝店，發出愉悅的聲音。

「……嗯，好，也對。」

士道臉頰滴著汗水回答。怎麼回事……明明約會才剛開始，他已經感到疲累。

然而，二亞絲毫沒有察覺到士道的心情，用手指抵著下巴思考。

「要從哪裡開始逛起呢——啊，我問一下當作參考，少年你是哪一派的？MATE？GAMER？還是老虎？」

「啥……？」

面對突如其來的提問，士道傻傻聽不懂。

「啥什麼啥啊。我是指安利美特、GAMERS 和虎之穴啦。啊，難不成會是 MELON BOOKS、COMIC ZIN 或是書泉 BOOK TOWER 之類的？」

「……呃，這有差嗎？」

「嗯……意外地差別挺大的喔。當然賣的書基本上是一樣的啦，但是每家店送的特典不同，推薦的東西不同。還有像是手寫ＰＯＰ或是特設專區會展現出店員自己的風格，欣賞起來滿開心的。想買已出版的書籍，我推薦去大一點的店……啊，虎之穴跟 MELON BOOKS 也有賣同人誌，不過有些社團只在一家店專賣，所以不能只逛一家。」

二亞突然變得多話起來。士道臉頰流下汗水回答：「這……這樣啊。」

「如果你沒有特別的要求，我們就先從附近的書店逛起，可以嗎？」

「當然可以。」

士道如此回應後，便和二亞一起上街。

二亞首先光顧的是從車站走沒幾步路就到的一家書店。店頭平放著各式各樣畫著漫畫人物的新刊，牆邊鋪滿了漫畫雜誌、電玩雜誌，還有封面是配音員的雜誌。

「唔……唔喔喔喔喔！」

走進店裡的同時，二亞眼睛閃閃發光，發出這樣的叫聲。在店裡購物的客人們聽見她突如其來的叫聲，大吃一驚地望向她。

不過，二亞完全不在意集中在自己身上的視線，從最外側開始搜刮並排的漫畫。

「嗚哇、嗚哇，真的假的？傘村老師畫風變了！話說，這部作品竟然已經出到二十五集了啊！時間流逝得真快啊！」

當她興奮地將漫畫一本又一本地堆在手上時，突然像是發現了什麼東西似的瞪大了雙眼。

「這……這是……倉內老師的新作品！」

「啊，這個啊，是他正在連載的作品。妳喜歡倉內的作品嗎？」

「何止喜歡呀！我就是看了倉內老師的《時空綺譚》才改變了人生，想要當漫畫家的！朱鷺夜是我的嫁啊！雖然是男生，但還是我的嫁！」

二亞說話的速度莫名變快，滔滔不絕地說著。士道見狀不禁露出苦笑。

《時空綺譚》是改編成動畫的知名作品，所以士道也熟悉……但還是不像二亞那麼熱愛。

二亞將那本書堆在手上後，開開心心地走向收銀台。

「喂……喂、喂。」

二亞以像是外送蕎麥麵的狀態邁步走。士道趕緊衝到她身邊，幫她分擔半座書籍小山。

「哎呀，多謝你啦，少年。」

「這些書，妳全部都要買嗎？」

「當然！都怪ＤＥＭ，害我積了五年的書沒買！工作也告一段落，今天就讓我大買特買吧。啊，只買最新刊當然沒有意義，所以我要收集全部已出版的集數。」

「這……這樣啊。」

士道臉頰流下汗水點點頭後，二亞便咧嘴一笑。結完帳，將買來的書裝進士道拖的行李箱。

「好了，那我們上樓吧。」

接著，兩人搭乘手扶梯來到二樓。

書店的二樓擺放的書比一樓還要多。除了平放擺設的新刊和特設專區外，還有好幾排收納各種漫畫的書架。

「一樓基本上是鋪新刊的區域，主力部隊在這一層……呃，喔喔喔喔！這部也出了啊！非買不可……！」

「妳……妳怎麼突然……這是……」

士道探頭看二亞的手邊，疑惑地皺起眉頭。

不過，這也難怪。因為二亞手上拿著的雖然是一本小說，但是……它的封面卻畫著兩名非常耽美的少年半裸糾纏在一起的插圖，而且還包著書腰，上頭寫著沒聽過的宣傳標語。我的王者之劍，這是什麼意思啊？

「啊，啊……」

雖然士道不怎麼了解，但他知道有這種類型的作品。他完全不知該如何反應，無言以對。

於是，二亞露出邪佞的笑容吐了一口氣。

「哼，沒有少女心的人怎麼可能會理解……」

「……妳確定妳沒說錯話……？」

「當然沒有。這方面的專家，只要看到物體就能判斷出屬性。」

二亞如此說完先將書放回書架，伸出雙手比出V字手勢擺到眼前，從指縫偷看士道，就像在分析什麼事情一樣。

過了幾秒後，她猛然瞪大雙眼，開口說道：

「——『弱氣．總受』。」

「喂，等一下，妳剛才是在判斷什麼啊！」

雖然士道不明白這句話代表的詳細意義，但總覺得被冠上了非常不妙的屬性，因此不禁大叫出聲。

「啊哈哈，別擔心、別擔心。我不是那方面的專家，準確度沒那麼高。如果是專精此道的人，肯定會發掘出更多你隱藏的可能性。」

二亞自信滿滿地如此說道。然而，士道卻完全不明白二亞要他別擔心什麼。

感覺都懶得反駁了，士道唉聲嘆了一口氣。

「不過……妳的守備範圍還滿寬的呢，看好多不同類型的書喔。剛才也是，從少女漫畫到暴力血腥類的都有買。」

「嗯……我接受度還滿廣的，基本上什麼類型的書都看。真要說的話，我喜歡能感受到作者熱情的作品。」

「熱情啊……」

「是啊。像這部就很棒，走奇幻路線。雖然一開始王子和騎士的認識過程很正統，但其實根本是NTR，被別人挾去配。作者的『我就是想寫這樣的劇情，不爽別看啊！』的意念整個滿溢出來。哎呀，第三集裡面奧菲斯成為敵人俘虜時的場景簡直絕了！沒想到那種玩意兒還能那樣使用啊……」

二亞再次拿起先前放回書架的書，開始熱情地述說。不太了解此道的士道只能回應她：「這……這樣啊……」

可能是察覺士道的心情了，二亞吐出舌頭。

「啊～抱歉、抱歉。對你說這些事情你也不太了解吧。等我一下，等我付完這一樓的帳就帶你去你也能享受的好地方。」

「能享受的好地方……？」

士道歪了歪頭表示疑惑，二亞便咧嘴微笑，和剛才一樣將她想買的書在手上堆成一座小山，走向收銀台。

之後兩人離開書店，沿著馬路走在路上。二亞在疑似賣電腦的商店前停下腳步。

「到了，就是這裡。」

「這裡……我對電腦沒什麼研究啊……」

「喔喔，不是啦。是這邊。」

二亞如此說完便帶著士道一直往店裡走。

然後在某個區域停了下來，回頭望向士道。

「來吧，挑一片喜歡的，少年。我今天就特別送你一片。」

二亞說完，指向陳列在那個區域的商品。

——畫了穿著異常火辣的美少女插畫的包裝。

「這……這是……」

「嗯。色情遊戲。」

「我才高二耶！」

「咦！有高中生不玩色情遊戲的嗎？」

「這種觀念是打哪兒來的啊！」

士道大喊後，二亞便露出一副由衷感到意外的表情回答：「文化有差異啊！」

「這樣啊……時代已經改變了呢。」

二亞盤起胳膊感觸良多地說完，「嗯、嗯」地點了點頭，立刻換了表情。

「不過啊，難道你沒有什麼感覺嗎？高中男生耶，對吧？眼前那麼多寶貝，你身體的一部分難道不會因感動和感慨而熱血沸騰嗎？」

說完，二亞一臉開心地露出賊笑，用手肘撞了撞士道的側腹部。

「喂……別……別突然這樣啦！」

「嘿嘿嘿！幹嘛啦～～有什麼好害羞的？性慾和食欲、睡眠，是人類的三大需求喔。」

「是沒錯啦！」

「可是，人不吃飯、不睡覺就會死，但不上床也不會死。性慾真是奇妙呢。要繁衍後代的確需要性慾，但把性慾列進『三大』的範疇裡，不覺得很奇怪嗎？就像四天王最強的男人其實是個廢物的感覺。」

「呃，說出三大需求的人不是妳嗎？」

「如果性慾是生活不可或缺的要素，那麼這世上哪還有處男處女啊？」

「所以說，妳從剛才開始就在說什麼啦！」

士道發出哀號。於是，二亞一臉愉悅地笑道：

「啊……抱歉、抱歉。我離題了。」

二亞表現出不怎麼歉疚的態度如此說完，將手抵在下巴，表情十分認真。

「……所以，你喜歡什麼類型的遊戲？感動型？中二型？還是凌辱型？」

「呃，我……」

就在士道搔著頭打算回答時，耳麥傳來一道聲音。

『──等一下，士道。選項跳出來了。』

「在這個時間點嗎！」

士道大叫出聲，也不管是否會被二亞聽見。

——數小時後，兩人來到附近的漢堡店吃遲來的午餐。

「呼！滿足、滿足。吃得真飽。」

「是啊。我還是第一次這麼仔細地逛秋葉原，意外地逛得滿開心的。」

士道「呼」地吐了一口氣並且回答二亞。順帶一提，二亞的雙肩背包如今裝得鼓鼓的，士道拖的行李箱也已經塞滿，重量比來的時候多了好幾倍。由於公仔這類占空間的東西沒地方放，便展開折疊起來的手推車，用橡膠帶固定住。這副模樣與其說是來購物，不如說更像業者。

不過，這也是理所當然的事。因為士道和二亞在逛完電腦店後又逛了好幾家專門店、書店，去搜刮二亞被監禁期間發售的漫畫、輕小說和資料本，接著又買了好幾張動畫藍光光碟，物色公仔，還順便逛了一下玩具店確認有沒有出新的桌遊。

當然，士道也不光是被二亞牽著鼻子走。他一邊接受〈拉塔托斯克〉的協助做出許多行動來提升二亞的好感度，每個行動都得到她極佳的反應。

「對吧？寶貝還是得直接拿在手上鑑賞、購買才行。網購固然方便，但再怎麼樣都無法重現這種感覺。」

「啊……我好像能明白妳的心情呢。」

士道搔著臉頰，點了點頭表示同意……不過，士道腦海裡浮現的與其說是書店，不如說是網路超市吧。只要下訂就能寄送到家，非常方便，但逛實體超市，思考要做什麼料理的時間也是一種樂趣。

「嘿嘿嘿，少年你也是同道中人啊。方便固然很好，但終究比不上摸到實物的觸感啊。」

二亞如此說道，露出和善的笑容。

士道今天陪她逛了一整天後，發現她真的很愛笑。

雖然有時候會扔一些不知該作何反應的話題過來，但很直爽又不帶惡意，相處起來很舒服。

看見她的笑容，士道突然這麼想。

與此同時，先前淡化的使命感又再次顯現於心中。

沒錯——士道必須保護這名少女。

為此，他必須提升她的好感度，親吻她。

接著，彷彿察覺到士道的心情似的，耳麥傳來琴里的聲音。

『——感覺不錯呢。話說，你好久沒有約會這麼順利了吧？』

琴里用開玩笑的口吻說道。

不過，士道想了想也確實如此，除了封印後的情況，以往的約會似乎鮮少如此順利。既沒有因為選擇錯誤的選項而降低對方的好感度，也沒有遭到對方攻擊，只是單純地享受買東西和聊天的樂趣。而實際上，士道甚至開心得一時半刻忘記了自己的使命。

——然而……

『……！司……司令！妳看——』

這個氣氛卻被船員充滿慌張的聲音給破壞。

『到底怎麼了啊，箕輪？』

『請看這個數值……！這是二亞好感度的變化……今天一整天下來，幾乎跟初期的數值沒什麼差異……！這樣頂多只是朋友的程度……！就算親吻她，恐怕也無法完全封印她的靈力！』

『妳……妳說什麼！』

「咦……？」

聽見耳麥傳來意想不到的話語，士道不禁皺起眉頭。

於是，二亞似乎察覺到他的情緒，動了一下表情。

「……啊，難道是琴里他們發生了什麼爭執嗎？」

「咦？沒有，那個……」

二亞一語中的，士道語無倫次失去了條理。結果，二亞露出察覺到一切的神情搔了搔頭。

「嗯……大概是那個吧？好感度。不超過一定數值就無法封印的東西。」

「……！」

士道的腦海裡一瞬間產生「為什麼她會知道」的疑問。不過——他立刻就想起只要二亞想知道，沒有什麼事情能瞞過她。

「沒有啦……我啊，也不想過著提心吊膽的生活，能封印的話就封印無所謂啦……不過，看起來好像還是沒辦法喔。真是不好意思啊，讓你白費力氣了。」

「我……我是不是做了什麼讓妳不開心的事？」

士道說完後，二亞有些難以啟齒地搔了搔臉頰，猶豫地接著說：

「沒有啦……那個，你沒有惹我不開心，問題全出在我身上……」

「咦？」

士道反問後，二亞便苦笑著回答：

「——其實，我……『只愛上過二次元的人』呢……」

「……咦？」

聽見這出乎意料的話語——

士道目瞪口呆。

第三章　很好，那就二次元吧

「……不會吧，還有這種事……？」

琴里坐在〈拉塔托斯克〉地下司令室的椅子上，絕望地呢喃。

不過，這也難怪。因為要攻略的精靈竟然坦誠自己只愛上過二次元的人物。

「二次元……也就是指漫畫或動畫裡的角色吧？」

「我……我想是這樣沒錯……」

坐在司令室下方的〈社長〉幹本寬廣的額頭滲出汗水如此說道。於是，設置在房間裡的擴音器傳來士道的聲音。

『這……這到底該怎麼辦啊？』

司令室的大螢幕現在正顯示出待在漢堡店裡的二亞，以及走進廁所隔間的士道身影。為了與司令室對話，士道暫時離開二亞身邊。

……不過，只要二亞有心就能得知他們全部的對話，但目前她還沒有使用〈囁告篇帙〉。

儘管如此，事態也不會好轉。琴里將手抵在下巴，低聲沉吟。

「你問我我問誰啊……美九討厭男人的情況也很難纏，但這次情形完全出乎我的意料……」

於是，中津川以響亮的聲音回答：

「不過，最近的年輕人還滿多愛上動漫畫角色的人喔。畢竟角色是為了討讀者或觀眾的歡心所創造出來的，就某種意義而言，算是理想的形象，而且都是帥哥美女。要是以那些角色為基準，或許會對現實中的人物感覺產生落差吧。」

「感覺你很有經驗嘛……」

琴里半瞇著眼說道。這麼說來，中津川的外號叫作〈穿越次元者〉，也就是擁有一百名二次元老婆的戀愛大師。

不過，中津川發出「嘖、嘖」兩聲，搖了搖手指。

「司令，我愛的也有配音員喔。」

「……是喔。」

琴里嘆了一口氣，並且聳了聳肩。

但他的意見確實有參考價值。琴里面露難色繼續說道：

「與現實之間的差距啊……不過，那種人也不是隨便一個二次元的角色都愛吧？」

「那是當然！我愛的老婆們也都是我從歷經了二十年以上的阿宅人生中精挑細選出來的美少女啊！」

「是、是。先不討論這個了。所以二亞應該也有喜歡的角色吧？我記得她剛才好像有說喜歡什麼角色？」

「是《時空綺譚》的朱鷺夜。這個角色個性很酷，還滿受女生歡迎的喔。」

「哦……是這樣啊。也就是說，二亞有可能『愛上那個角色』嘍？」

琴里說完揚起嘴角，露出狡黠的微笑。

『……咦？』

於是，螢幕上的士道像是感受到什麼不祥的預感，臉頰流下汗水。

◇

「嗯……」

二亞坐在漢堡店的椅子上，含著果汁空杯的吸管不停動來動去。

漢堡跟薯條都已經吃完，肚子也已經填飽，差不多該離開了，但是……士道剛才去上了第二次廁所。

而且，士道離開座位已經過了二十分鐘左右。二亞等得有些不耐煩。

「嗯……人類去解決生理現象我是沒有意見啦，但去得未免有點久吧。是去補妝嗎？」

二亞晃著吸管前端自言自語——接著立刻改變念頭。

「不……原來是這樣啊。他應該是在和司令部開作戰會議吧？」

如果是這樣，那也無可厚非。畢竟二亞剛才投下了一顆對他們而言致命的震撼彈。

「……我果然不該那樣做的。」

二亞從一開始就知道自己無法跟實際存在的人談戀愛。明明知道，卻還表現出讓士道容易誤會的態度，因此她內心懷抱著些許罪惡感。

但是——她對士道說的話都是真心的。

二亞覺得失去精靈的力量也沒關係，如果可以，她希望能封印這個力量。

所以才企圖接近對精靈展開攻勢，用親吻來封印靈力的少年——士道。她懷抱著淡淡的期待，心想也許士道能虜獲自己的心。

然而，結果卻不出所料。

二亞並不討厭士道，反而很感謝他破壞ＤＥＭ的運輸機幫助自己逃走，今天的約會也過得非常開心。

不過……還是不行。儘管對象是士道，二亞還是無法踏出一步。

「不管再怎麼好的人，只要一想到他是三次元的人……就怎麼也燃不起愛意啊。」

二亞吐了一口長氣，胡亂搔了搔頭。唯有這一點，她怎麼也無法克服。

就在這個時候，二亞的背後出現了動靜。看來是士道從廁所回來了。

「喔喔，你回來啦，少年。那我們差不多該走了——」

然而——

二亞回過頭後，一瞬間停止動作。

「咦……？」

因為站在她眼前的是一名與二亞預想中截然不同——身穿破破爛爛的斗篷，額頭和手臂纏繞著繃帶，腰間佩帶著刀，一副荒野旅人打扮的男人。

一頭長髮以及骯髒的臉頰。不會錯，他是——

「朱……朱鷺夜……？」

二亞目瞪口呆地發出聲音。

沒錯。站在那裡的正是二亞的初戀情人，《時空綺譚》的朱鷺夜本人。

「…………」

站在二亞面前的士道故作極為平靜的表情來掩飾他緊張的情緒。

當然，實際上他的心臟則是劇烈跳動，都快爆炸了。

這也難怪。因為士道現在的裝扮是只在動漫活動現場才能看見的模樣。可能實際上在秋葉原也很少有人打扮得這麼誇張吧，只見店裡的客人也興致勃勃，時不時地偷瞄士道。

話雖如此，也不能就這樣一直保持沉默。

士道對呆愣地仰望他的二亞說：

「——打擾了，女人。」

他稍微壓低嗓音，用依稀殘留在記憶裡的《時空綺譚》朱鷺夜的口吻說這句話。

接著，他把椅子挪到二亞身旁，然後坐下。

二亞像是點穴被解開般赫然抖了一下肩膀，推了推眼鏡，目不轉睛地盯著士道的臉。

「朱……朱鷺夜……？為什麼……」

這才像是終於察覺到什麼事情似的瞪大雙眼。

「……少年！」

「妳在說什麼？妳沒道理喊我少年。」

「……！」

士道用冷漠的視線看著二亞如此說完，二亞便輕輕屏住呼吸。可能是心理作用吧，感覺她臉頰似乎泛起了紅暈。

於是下一瞬間，士道的耳麥傳來驚愕的聲音。

『這……這是……！』

『怎麼了？』

『報告！二亞的興奮數值起了些許反應！』

『好感度也略微上升！』

「…………」

看來似乎產生了一定的效果。士道內心鬆了一口氣，但沒有表現在臉上。

「哦……嗯……」

二亞把士道從頭到腳仔細打量了一遍，擺出宛如欣賞畫作的美術評論家的姿勢低聲沉吟。

「好厲害……做工挺精細的嘛，布料跟便宜貨不一樣。我以前看過許多人扮演的朱鷺夜，卻很少看到質感這麼優的。」

然後她抓起斗篷的下襬，興奮得漲紅了臉。老實說……難以判斷她究竟是對士道懷有好感還是只是對服裝的品質感到佩服。

話雖如此，她的好感度似乎上升了，現在只能繼續展開攻勢。士道轉過身，揮開二亞抓住斗篷的手。

「妳很煩耶，女人。」

「啊唔……」

士道沒好氣地說完，二亞不知怎地滿臉通紅，將身體向後仰。

『好感度又上升了……！』

『照這樣下去……行得通！』

耳麥傳來船員們的聲音。

士道只是盡可能提醒自己做出符合朱鷺夜的言行……看來這似乎觸動了二亞的心弦。二亞一副心神不定的模樣，開始撫順自己亂翹的頭髮。

瞬間，士道的耳麥傳來吹奏樂曲的聲音。

『士道，就是現在！好感度到達可以封印的領域了！不要放過這個機會！』

「……！」

聽見琴里的聲音，士道僵住了身體。

不要放過機會——換句話說，就代表現在正是親吻的好時機吧。

雖然在大庭廣眾之下，但是……若是錯失了這個大好機會，下次不知道什麼時候才能有第二次機會。

士道下定決心後，雖然心臟撲通撲通地跳個不停，但還是故作鎮定地緩緩轉身面向二亞。

「咦……？你怎麼了？」

「別說話。」

士道嚴厲地說了，二亞便老實地閉上嘴巴。
士道伸出一隻手抓住二亞的肩膀，另一隻手則抬起她的下巴。
然後慢慢將自己的嘴唇湊近二亞的嘴唇。
雖然手段不怎麼正當，但這樣應該能封印她的靈力。
然而——
「……等一下。」
就在兩人的嘴唇快要重疊的時候——
二亞發出從她剛才熱情的態度難以想像的冷漠聲音。
接著，耳麥傳來「嗶！嗶！」表示危險狀態的警報聲。
『士道，好感度急速下降了！』
「……咦？」
士道不由得用自己本來的嗓音如此回答後，二亞一把推開他的肩。
然後「唉……」地嘆了一口疲憊的氣息，胡亂抓了抓頭髮。
「我說啊……你在搞什麼啊？」
「啥？什麼意思……」
「朱鷺夜怎麼可能對女人出手嘛！你用常識想一想嘛！朱鷺夜是為了追尋殺死了他妹妹——

同時也是他的戀人雲雀的仇人而踏上漂泊的旅程耶！在孤獨的旅途中，他與龍吾和虎鐵他們相遇、交戰，然後成為了朋友！」

二亞宛如變了一個人似的大喊。士道不禁被她的氣勢所震懾，連人帶椅地向後退。

「基本的配對是朱鷺×龍！我個人也吃朱鷺×虎這一對！跟女生的配對，我只接受活在夢境或是回想過去的雲雀！那個美麗的世界，沒有我摻一腳的餘地！我只要在旁邊看就好了！當個孤獨的旁觀者！寧願做一面牆！」

「喂、喂，妳冷靜點，二亞……」

士道安撫二亞的情緒，結果二亞露出銳利的視線。

「朱鷺夜才不會說這種話！」

「嗚哇……！」

「——想讓我迷戀上你，就確實變成二次元以後再來！」

二亞踢了一下士道的屁股，把他趕出漢堡店。

◇

「……事情就是這樣，作戰失敗。」

士道從秋葉原回到天宮市後——

臉上和身體好幾個地方都貼著貼布，嘆著沉重的氣息如此說道。

順帶一提，在那之後，二亞可能是無法接受自己喜愛的角色被褻瀆了，火冒三丈地離開漢堡店，一個人回去自己的公寓……當然，帶著所有裝滿書籍和商品的行李。

士道目前位於〈拉塔托斯克〉地下設施的司令室。琴里和〈佛拉克西納斯〉的船員們面對大螢幕坐著。

「哎呀呀……你被打得滿慘的嘛。」

「妳以為是誰害的啊，還敢說。」

士道瞇起眼睛不滿地說著，琴里便無奈地聳了聳肩。

「我也沒辦法啊。既然她表明自己喜歡二次元的人，在那裡能做的事就有限嘛。再說——就結果而言可能是以失敗告終沒錯，但她的好感度的確一度上升啊。這是重要的參考資料呢。」

「說是這麼說，但那是對朱鷺夜的好感度吧？同樣的方法已經不管用了，這個參考資料也沒什麼意義吧……」

「……不。」

回答士道的是坐在司令室下方的令音。

「……也不全然如此。換句話說，這個結果顯示出如果是她曾經喜歡過的角色，就算化身成三次元也能得到一定的好感度。」

「原……原來如此……不過，結果還不是一樣？不管我再怎麼注意，也沒有自信扮演角色到令二亞滿意的程度。而且要是真的因此封印了她的靈力，之後不是會更麻煩嗎……」

士道苦著一張臉。沒錯，就是擔心這個問題。

士道當然不是朱鷺夜，所以無論如何都會和二亞的理想有落差。如此一來，就算成功封印，二亞的精神狀態也會立刻變得不穩定而導致靈力逆流吧。

不過，令音像是十分認同士道的擔憂似的點了點頭，繼續說道：

「……我有對策。」

「對策……？」

「是的。」

琴里點點頭回答士道的疑問，指向前方的螢幕。

螢幕上顯示出透過自動感應攝影機捕捉到的二亞身影。

「士道說的沒錯，扮演角色總有一天會露餡——但是，如果有個士道能完美扮演又能輕鬆維持那個狀態的角色，那又另當別論了。」

「什麼……？妳說的也許有道理啦……但怎麼可能會有那種角色存在嘛。」

「反正你就拭目以待吧。差不多快要送到了。」

「送到了？」

士道說完，琴里便將嘴脣彎成新月的形狀。

「……啊……」

二亞在自家公寓的一室，躺在書海裡。她「啪」地一聲闔起剛看完的漫畫並抱在胸前，讓自己平靜下來。

難得買了一堆如山的新書，呈現書展的狀態，二亞卻提不起勁。就連滿心期待的新刊也只是瀏覽過去，沒有讀進心裡。

不過，她知道原因出在哪裡。

沒錯。就是那名少年……五河士道。

「嗯……」

二亞把手上的漫畫堆到床邊的書籍小山山頂後，抱著枕頭。

「……一個人回來果然不太好吧。」

然後呢喃著這句話，扭動身軀。

因為士道打扮成二亞喜愛的朱鷺夜的模樣，卻做出不符合朱鷺夜的行動，所以她不由自主地大發脾氣。但是……冷靜思考過後，她覺得自己對士道做了許多過分的事。身為年長者，應該表現得寬宏大量一點才對。想必士道也不是帶著半開玩笑的心態或是為了愚弄她才這麼做的。

二亞輕聲嘆息後，伸出食指觸摸自己的嘴唇。

「……讓他吻一下也沒關係吧……不過，聽說要打開心房才能封印靈力，這樣不就沒意義了嗎……」

二亞用力捏緊枕頭。

她還沒有去調查〈拉塔托斯克〉是用什麼方法計算出好感度，但二亞的數值肯定沒達到能封印靈力的領域。

沒錯。因為二亞沒辦法對三次元的人類毫無防備地打開心房。

「啊～～討厭～～該怎麼辦才好啊～～告訴我，小囁！」

二亞胡亂甩著雙腳，有些自暴自棄，大聲地自言自語。當然，沒有人回應她。

〈囁告篇帙〉是無所不知的天使，但它並不會指引二亞，也不會傳達神諭。

「…………」

二亞仰望著塵埃漫天飛舞的天花板，慢慢舉起左手。

只要她在腦海裡下達命令，〈囁告篇帙〉就會立刻從虛空中出現吧。然後，只要打開它的書皮就能知道所有二亞想要的情報。

比如說——沒錯，像是士道正在做什麼事之類。

「……！」

瞬間，二亞輕輕屏住呼吸，抖了一下縮回左手。

理由很單純，因為房間的對講機響起「叮咚……」的聲音。

「……誰啊？」

二亞慢吞吞地坐起身後，走到對講機的螢幕前。

然後按下通話鍵說：

「喂？是哪位？」

『妳好，我是田川快遞。有個包裹是寄給本条二亞小姐的。』

「包裹？」

二亞歪頭思考了一下。但是，實在沒有頭緒。

「是什麼呢……算了。麻煩你送上來。」

『好的。』

二亞操作對講機的按鍵，解除自動鎖。

於是不久後，這次換家門前的門鈴響起。

「來了、來了……」

打開家門便看見一名帽子戴得低低的快遞人員拿著一個小包裹站在外面。

「麻煩在這裡蓋章或簽名。」

「那我簽名……簽好了。」

「謝謝。那麼告辭了。」

快遞人員對二亞行過一禮後，就這麼離開了。

二亞關上門，隨意拆開包裹的包裝。結果裡頭出現了一片封面是美少年的遊戲片，和一張寫著留言的紙條。

「嗯……？什麼東西？為了感謝您平常的惠顧，送上電腦遊戲新作品的特別體驗版……？」

二亞搔了搔頭。這麼說來，她以前好像寄過幾次問卷回函給遊戲公司。可能是這個緣故吧。

「……算了。既然是免費的，我就收下吧。正好我心情鬱悶得很，來玩玩看好了。」

二亞走在走廊上，來到工作室後，開啟電腦的電源，放入光碟。

於是，電腦立刻開始安裝軟體，顯示出遊戲畫面。

「《戀愛吧！My Little SHIDO ～Girl's Side～》啊。哦……是校園少女遊戲的感覺嗎？」

二亞操作滑鼠，點選「新遊戲」的按鍵。

於是顯示出要輸入主角名字的畫面。

「嗯……沒有預設的名字啊。那就叫二亞好了。」

二亞輸入自己的本名，開始遊戲。

看來主角似乎是轉學進來的高中二年級生。接下來會跟其他角色相遇，然後談戀愛吧。

二亞雖然主要愛看漫畫，但因為各種類型的領域都會接觸，所以也很喜歡玩電腦遊戲。尤其是這種女性向戀愛模擬遊戲，對無法愛上三次元人類的二亞來說，是令人感到安慰的存在。因為只要點一下滑鼠，帥哥就會愛上自己。二亞也是女孩子，並非不想談戀愛，反而很想嘗試心動的滋味。

「哼哼，整個架構是傳統模擬遊戲的感覺。接下來就要看角色了。」

二亞點擊滑鼠，讓故事進展下去。

於是，同班同學向主角二亞搭話。那是一名散發出溫柔、富有包容力的氣息，五官中性的少年，名字是——志藤五樹（SHIDO ITSUKI）。

「……嗯？」

二亞歪了歪頭。總覺得這個角色跟剛才和她在一起的少年有些相似。

「……是我想太多了吧。」

二亞下了這個結論後點擊畫面，繼續玩下去。於是，那位五樹同學便面帶微笑對她說：

『哈哈……二亞妳這個人還真是有趣呢。』

「嗚喔！」

聽見他的聲音，二亞不禁瞪大了雙眼。

這也難怪。因為剛才這個角色極其自然地呼喚她的名字「二亞」。

當然，主角的名字是二亞剛剛才輸入的。通常這類遊戲在呼喚主角的名字時，大多是藉由組合一個字一個字收錄的聲音來發音，但是……這個遊戲完全沒有常見的合成感，發音非常順暢。

「哇！好厲害啊！有一陣子沒玩遊戲，改進了呢。」

光憑這一點，二亞對這個遊戲的興趣便大幅上升，入迷地繼續和五樹同學對話。

於是，兩人關係進展得很順利，決定在假日出去約會。五樹同學問二亞：『妳想去哪裡？』

然而——

「……什麼！」

通常這時會出現選項供玩家選擇，但是……這個遊戲卻不一樣。

畫面上顯示出視窗，上頭記載著「請輸入期望的約會行程」這幾個文字。

「太扯了……是要我打鍵盤輸入的意思嗎！怎麼可能有辦法這樣玩……」

儘管半信半疑，二亞還是戰戰兢兢地敲打鍵盤。

「『我想去秋葉原搜刮同人誌』……」

然後用力按下 Enter 鍵，像是在表達「最好能有反應啦」。

結果，五樹同學溫柔地莞爾一笑。

『去秋葉原買同人誌啊。哈哈，真像妳的作風。當然好啊。啊——可是，我們是高中生，不能買十八禁本喔。』

「嗚喔喔喔喔喔喔喔喔喔喔喔喔喔喔喔！」

看見電腦顯示出的反應，二亞不由自主地從椅子上站起來。

想不到竟然能處理這麼細密的指令。在二亞被監禁的這五年，電腦技術到底進步到什麼程度了啊？

「科學的力量真厲害！」二亞如此吶喊後繼續點擊畫面，讓故事進展下去。

「——哦，原來二亞喜歡這種書啊……不會，我覺得沒關係啊。能沉迷於某件事，不是很幸福嗎？」

士道在〈拉塔托斯克〉的地下司令室，戴著頭戴式耳機，凝視著畫面說出這樣的話。

螢幕上顯示的是某個遊戲的遊玩畫面。他配合偶爾輸入在畫面中的文字，即時做出回答。

「……喂，這樣真的行得通嗎？」

士道看準說完台詞的時機關掉麥克風，望向坐在後方的琴里。

「當然。好感度的數值慢慢在上升喔。接下來只要在二亞充分地享受過這個遊戲後，讓你以

『五樹同學』的身分出現在她的面前就ＯＫ了。這次你不需要演戲，因為——這個角色就是你本人嘛。」

琴里說完揚起嘴角。

沒錯。這就是〈拉塔托斯克〉接下來的作戰計畫。

讓二亞玩〈拉塔托斯克〉製作的遊戲，利用士道扮演其中的角色來虜獲二亞的芳心……還真是個複雜的計畫。

「話說回來，為什麼會有這種遊戲啊？總不可能在這麼短的時間內製作出來吧。」

士道說完後，令音便眼神睏倦地望向他說道：

「……算是保險起見吧。正所謂有備無患嘛。」

「我倒是非常好奇這本來是打算用在什麼地方……」

士道苦笑著搔了搔臉頰。於是，後方傳來琴里的聲音。

「喂，士道，別偷懶。螢幕上又出現文字了。」

「喔，好。」

士道面向螢幕後打開麥克風，開始飾演「五樹同學」。

顯示在螢幕左半邊的視窗呈現出玩遊戲的二亞和其精神狀態的變化圖。原來如此，正如琴里所說，事情看來進展得很順利。

不過，士道一邊說出台詞一邊皺起眉頭。總覺得……他好像忘了什麼重要的事。

『哇……最近的遊戲太厲害了。這只是體驗版，要是正式版發售，我一定要買。』

就在士道思考著這種事情的時候，畫面中的二亞面帶微笑，滿心歡喜地自言自語。

然後——

『我看看，正式版什麼時候會出？應該說，製作這款遊戲的公司以前出過哪些遊戲……』

二亞如此說著，同時舉起左手從虛空中拿出一本書。

「……！啊——」

就算士道發出慌亂的聲音——也為時已晚。

二亞觸碰〈囁告篇帙〉的紙面後……表情立刻垮了下來。

『……這也是你們搞的花招嗎！』

二亞氣憤地吐了一口氣後從椅子上站起來，正確地面對自動感應攝影機的方向，對司令室投以充滿怒氣的視線。

『……我說啊，我很清楚你們的目的喔。但是，這麼做太過分了吧？褻瀆朱鷺夜還不夠，這次竟然還玩弄我純潔的心。』

「二……二亞，不是的，這是……」

『五樹同學給我閉嘴！』

看來二亞已經十分沉迷於那個遊戲了。她嚴厲地如此說了。

「……是……是的……」

『總之，要是你們以後再玩這種手段就別怪我翻臉無情。另外，我也是有隱私的，別讓這架自動感應攝影機飛進我家裡，就是這樣。要是你們不遵守，休想我再給你們機會。』

二亞如此說完便撇過頭去。

◇

「……各位，謝謝你們聚在這裡。我想你們已經聽說……我們遇到了難題。」

當天晚上，琴里坐在大圓桌前拄著臉頰，面有難色地如此說道。

不過，這也是理所當然的事。因為新出現的精靈擁有前所未有的特殊嗜好——連續兩次作戰都以失敗告終。

「二次元……也就是說，這次的對象只愛上過漫畫之類的角色？」

以冷靜的口吻發言的是和琴里一樣坐在圓桌前的少女。一頭及肩的髮絲，如洋娃娃般的面容——她是士道封印靈力的其中一名精靈，鳶一折紙。

不只她，現在聚集在〈拉塔托斯克〉地下設施裡的還有士道、〈佛拉克西納斯〉的船員們，以及十香、四糸乃、七罪、八舞姊妹等曾經被士道封印力量的精靈。

琴里其實並不怎麼想讓她們參與攻略新精靈的事情，但是……這次的精靈是以往不曾遇過的類型，所以她把大家叫來這裡，希望聽取她們的意見。

位於現場的精靈，包括琴里在內，所有人都被士道封印了靈力。她大概是想從其他人的親身經歷中試著找出突破口吧。

「應該是……吧。」

琴里愁眉苦臉地認同折紙說的話後，坐在她右方的高挑少女便點頭表示同意。

「啊……原來是這樣呀～～人家認識的偶像裡也有這種女生喔。」

少女用食指玩弄著藍紫色的長髮，發出動聽的聲音。

——她也是精靈，而且還是受到國民喜愛的偶像，誘宵美九。才剛工作完，她就應琴里的要求趕來這裡。

「她公開聲明自己的初戀情人是吉克大人。啊，吉克大人是動畫裡的角色。總之，算是故意營造出一種鮮明的個性。藉由跟粉絲有著相同的興趣，讓粉絲對自己產生親近感，也能製造出不會讓粉絲嫉妒的對象。不過，那個女生有男朋友就是了～～」

美九說完，發出「啊哈哈」的笑聲。

「……要是二亞也跟那個偶像的情況相同就好了……不過就數值看來，她不像是在說謊。」

琴里苦著一張臉說完，美九便將眼睛瞪得圓滾滾的發出「哎呀」一聲。

於是，耶俱矢在她旁邊低聲呻吟。

「哼，沒想到本条蒼二竟然是女的……膽敢矇騙本宮的雙眼，很有種嘛。」

「啊，耶俱矢妳也知道本条蒼二嗎？」

士道詢問後，耶俱矢便點了點頭回答：

「那是當然。颶風皇女也通曉大眾娛樂。」

「密告。耶俱矢主要愛看少年漫畫，但會把有點色情的漫畫夾在打鬥漫畫或運動漫畫之間一起買。」

「喂，夕弦！」

夕弦用手遮住嘴巴竊竊私語，耶俱矢便滿臉通紅地大喊。

「妳不要隨便亂說好嗎！倒是妳看的少女漫畫，糟糕的描寫才多吧！」

「疑問。糟糕的描寫是怎麼個糟糕法？請舉出具體的例子說明。」

「就……就是……男女在床上……」

「複誦。夕弦聽不清楚，請再說一次。」

「唔……唔唔……唔……」

耶俱矢的臉頰更加通紅，露出懊悔的表情。

看見兩人你一言我一語地鬥嘴，琴里拍了拍手。

「好了、好了。妳們感情好我是沒意見，但可以等一下再鬥嘴嗎？現在的重點在於要怎麼虜獲二亞的芳心。」

琴里說完後，坐在圓桌前的所有人都開始動腦思考。

不久，四糸乃畏畏縮縮地舉起手。

「那個……我可以發表意見嗎？」

「當然可以啊。」

「那個……我覺得還是應該多花點時間跟二亞這個人相處比較好。只要好好面對她，她一定會了解士道的優點。」

「四糸乃……」

士道這麼說了，四糸乃便害羞地染紅了臉頰。

琴里將手抵在下巴，低聲沉吟。

「這……的確是最正當的方法。就算她只愛二次元的人，但只要不斷真誠地對她示好，她還是有可能會打開心房。」

「那麼，要改成打長期戰嘍？」

士道詢問後，琴里便露出為難的表情。

「最壞的情形也只能這麼做了……不過，那終究是最後的手段。問題是時間。不能保證在我們慢慢攻略二亞的期間，DEM不會發現她的下落，所以沒辦法那麼從容不迫。」

「對……對不起……」

聽見琴里說的話，四糸乃一臉抱歉地縮起肩膀。琴里搖了搖頭。

「妳沒必要道歉。其實我也想採取這個方式……只要她願意了解士道，就會明白他不會輸給漫畫的角色。」

琴里微微挪開視線，晃動著嘴裡的加倍佳糖果棒。被人這麼稱讚感覺有些不好意思，士道羞紅著臉頰，搔了搔頭。

就在這個時候，從剛才開始就一直交抱著手臂歪著頭的十香望向士道。

「士道，我問你。為什麼二亞只愛二次元的角色呢？」

「咦？唔……這個嘛……」

十香提出的疑問很單純，然而士道卻回答不出個所以然。

的確，這才是問題的根源。為什麼二亞只愛二次元的角色……反過來想，她為什麼無法愛上三次元的人呢？

琴里似乎也對這個問題抱持著疑問。她將手抵在下巴說了：

「我也有點好奇……所以正在調查。」

「咦？調查？」

「二亞好歹也從十年前開始就在當漫畫家了吧？那麼不論她以前是人類還是本來就是精靈，總會在這個世界留下痕跡。我在想能不能找到什麼端倪。」

「原來如此……」

士道盤起胳膊點頭稱是。琴里說的沒錯。

「但是……也不一定能查出些什麼，所以我們必須事先制定好方針才行。」

琴里說完，坐在四糸乃旁邊的七罪以細小的聲音回答：

「……既然如此，還是只能讓士道配合對方的喜好了吧？這是最省事的方法。」

「是沒錯啦……但是角色扮演作戰跟遊戲作戰都失敗了耶。某人的時候是扮女裝好不容易搞定的……」

琴里說著瞥了美九一眼。於是，察覺到視線的美九對她拋了一個飛吻。琴里傻眼地嘆了一口氣，收回視線。

「……就算是士道，次元的這堵牆還是太厚了。還是說怎麼，要用壓路機或其他東西來壓平、摧毀嗎？」

「喂……喂、喂……」

士道臉頰流下汗水，七罪也跟琴里一個鼻孔出氣地豎起手指。

「……啊，我用我的〈贋造魔女〉把士道變成漫畫書的形狀如何……」

「妳們從剛才起對二次元的處理方式就很奇怪耶！」

士道臉頰流下汗水如此說道，七罪便生氣地鼓起臉頰。

「……我……我當然是開玩笑的啊。真是抱歉啊，明明不是那種個性還要說笑話……我明白了。我閉嘴就是了，再也不發表任何意見了……」

七罪慢慢從椅子上滑落，消失在桌子下。士道急忙大聲說：

「不……不是啦，我沒有那個意思……抱歉。」

「唔……」

「七……七罪……」

然而，就在隔壁的四糸乃伸出手將七罪拉回原來的位置時——

「——原來如此。」

將手抵在下巴思考的折紙突然抬起頭。

「？折紙，妳怎麼了？想到什麼點子了嗎？」

琴里詢問後，折紙便點了點頭。

接著說出意料之外的話：

「七罪的辦法或許可行喔。把士道變成書。」

聽見她的發言，士道瞪大了雙眼。

「咦？等……等一下啦。就算二亞說她只愛過二次元的角色，但那是指漫畫中登場的人物，不是指漫畫本身吧？我變成書是能怎樣啦……」

士道露出困惑的表情說著，七罪便從他的旁邊一直盯著他瞧。

「……啊，折紙的意見你就願意聽啊……也對，我跟折紙的頭腦構造不同嘛，說服力有差異也是理所當然的事嘛。沒關係啦，我才不在意。本來就是這樣嘛……」

「不……不是啦……」

看見好不容易回到原本位置的七罪又再次慢慢往下沉，士道額頭冒出汗水，試圖辯解。

不過，折紙不理會兩人的對話，繼續說道：

「我的意思不是讓士道變成書本這種物質——而是製作有『士道』這個角色登場的漫畫。」

「什麼……！」

聽見折紙的提議，坐在會議室裡的所有人同時大叫出聲。只有十香一個人慢了一拍，配合大家的反應才跟著說出：「什麼！」

「原來如此……」

琴里將手抵在嘴邊露出嚴肅的神情。

「主角是士道的漫畫啊……這樣的確稱得上是二次元的角色呢。」

「喂……喂、喂，等一下啦。就算真的製作出來好了，漫畫中的我也不可能跟現實中的我完全一樣吧？這樣又會落得同樣的下場吧……？」

士道苦著一張臉回答。

沒錯。只要看今天的實例就知道，二亞對喜愛角色的重現十分嚴格。要是二亞說出：「士道才不會說這種話！」感覺自己的人格都要被否定了。

不過，八舞姊妹表示反對士道的意見，發言：

「哼，那麼只描繪事實，不要背離現實不就好了？幸好士道的周圍發生許多可以拿來當漫畫劇情的事。」

「首肯。只要描寫士道本身的個性就不會像遊戲那樣欺騙二亞了。不愧是折紙大師，這點子真棒。」

「不……不是啊，二亞也有自己的喜好吧？重點在於二亞看了漫畫之後，是否會真的愛上我這個角色……」

「沒……沒問題的……！」

回應士道的是溫柔地搓揉七罪背部的四糸乃。

「四……四糸乃……？」

四糸乃有別於往常，語氣強硬地發言，令士道不禁瞪大了雙眼。不過，四糸乃儘管羞紅了臉還是用力握緊右手，接著說道：

「士道幫助了我們……只要率直地將你以前做過的事情傳達給二亞知道……我想她也一定會喜歡上你的……！」

「唔……嗯……」

平常發言不怎麼強勢的四糸乃都這麼說了，感覺真不好意思呢。士道語氣困惑地支吾其詞。

四糸乃率先打頭陣後，船員和其他精靈便接二連三地提出意見。

「士道的記實漫畫啊。這樣的話，的確有可行性呢……」

「可是，那就表示也要畫出精靈的事情吧？這樣沒問題嗎？」

「別擔心，看的人是二亞，就算外流出去，大家也會以為是虛構的啦。」

「喔喔……士道要變成漫畫嗎！真是厲害呢！我也來幫忙！」

「呵呵呵……看樣子吾等八舞也得助汝一臂之力才行了呢。」

「同意。夕弦兩人曾經在第三十九回合的投稿插畫對決中一起刊載在雜誌上，小標題還寫著『雙胞胎投稿插畫，真是稀奇！』，最後平分秋色。該我們上場了。」

「……妳們還真是什麼都能比呢……」

「喂……喂……」

士道戰戰兢兢地說了，但大家似乎都沒聽進去。

琴里將拳頭朝下敲了敲圓桌，示意大家肅靜。

「——那麼，我們來表決。贊成士道漫畫化計畫的人舉手。」

「我！」

聽見琴里說的話，除了士道本人以外，其他人全都一齊舉起手。

「…………」

所有人的視線全投向士道。

「唔……」

士道唉聲嘆了一口氣後有氣無力地舉起右手。於是，全場歡騰。

「很好！全場一致，方針就這麼定了！立刻來構想情節——」

然後——

就在琴里話說到一半的瞬間，設置在會議室圓桌上的控制檯開始響起「嗶嗶嗶嗶嗶……」的聲響。

「咦……？這是什麼聲音啊，琴里？」

士道如此詢問後，琴里便皺起眉頭望向控制檯。

「是通訊的聲音，而且是外部打來的……？沒看過的號碼……」

琴里疑惑地說著，同時按下通話鍵。

於是，安裝在會議室裡的擴音器傳來一道熟悉的少女聲音。

『——嗨，你們在開作戰會議啊，少年。』

「什麼……！」

聽見這道聲音，士道以及其他人的表情都染上了驚愕之色。

「二……二亞……！」

沒錯。從擴音器裡傳來正是剛才會議上討論的議題——精靈二亞的聲音。

「怎麼可能！這個地下設施的線路有加密，不可能那麼輕易就——」

幹本大喊——不過，中途便止住了聲音。

想必是在說話途中領悟了吧。二亞擁有無所不知的天使〈囁告篇帙〉，就算有加密，對她也不構成任何阻礙。

「原來如此。妳全都看穿了啊……」

『是啊。基本上我討厭爆雷，所以不想利用〈囁告篇帙〉做這種事。不過，要是你們又做出像朱鷺夜或是玩弄我少女心的事情，我可受不了。』

二亞露出乾笑說道。聽見她的語氣，士道流下一道汗水。

其他人似乎也察覺了，開始竊竊私語、交頭接耳起來。

「……她……在生氣吧……」

「……嗯……而且是相當火大的感覺。」

「看來她真的很喜歡那個叫朱鷺夜的角色呢～」

就算壓低聲音，二亞恐怕也聽得一清二楚吧。但是……她沒有回應那些話，繼續說：

『……不過，你們似乎改變了方針，所以我就不計較了。但是你們的作戰計畫，先決條件有個非常大的破綻。』

「破……破綻……？」

『對。就算你們完成那本漫畫好了，為什麼認為我會輕易拿起那本書來看呢？』

「什麼……」

士道瞪大了雙眼……她說的沒錯。

他們推測喜歡各種類型漫畫的二亞一定會無條件地閱讀那本漫畫，但是……那的確是必須在對方願意閱讀的前提下才能成立。

『我說的沒錯吧？我工作那麼忙，能看的書籍數量也有限。實際上，我今天買回家的書根本還看不到十分之一呢。在我被監禁的期間，還有一大堆我喜歡的系列作品都沒買耶。我哪有時間去看你們那種動機不純所畫出來的業餘漫畫啊！如果是之前，我可能會看啦，但現在我的怒氣還沒消呢，是比阿修羅還要恐怖的存在。侮辱朱鷺夜的你們所畫的漫畫，我才不會看咧！』

「怎……怎麼這樣……！」

聽見二亞說的話，四糸乃露出泫然欲泣的表情。

『再見啦，我只是來跟你們說這件事！你們就別白費力氣了！』

「——等一下。」

不過，就在二亞打算切斷通訊的時候，在圓桌上拄著臉頰的琴里制止了她。

『嗯……？喔喔，妳就是琴里嗎？這還是我們第一次雙向通話呢。妳好啊。』

「妳客氣了。」

琴里簡潔地回答後繼續說道：

「——我就進入正題了。從妳的口氣聽來……如果是值得閱讀的書，妳就會抽時間看嘍？」

『……嗯？妳在說什麼啊？』

「回答我。如果我們製作的漫畫有任何一點勝過妳畫的漫畫，不覺得值得一看嗎？」

琴里說完後，二亞哈哈大笑。

『啊哈哈！那倒是。不過，覺得好不好看是因人而異。就算你們再怎麼老王賣瓜，以為我會認同你們的價值嗎？』

「妳說的沒錯……既然如此，就用所有人都認可的唯一絕對的基準來判定如何？」

『絕對的基準……？』

聽見二亞的提問，琴里非常認真地回答：

「沒錯。就是銷售量。」

『什麼……！』

聽見這句話而發出驚愕聲音的人不只二亞，聚集在會議室的所有人都一齊望向琴里。

『哦……很有意思嘛。要用銷售量來贏過我本条蒼二，妳是說真的嗎？』

「當然。要是我們贏了，妳就要乖乖看喔。」

二亞沉默了數秒後，發出「啊哈哈！」的大笑聲。

『好啊，你們就試試看吧。能贏得了我再說。』

二亞如此說完就切斷了通訊。

短時間內，會議室陷入一片沉默。

「喂……喂，琴里，妳在說什麼啊……？對方可是職業漫畫家耶。」

「有什麼辦法啊？她都那麼明白地宣言自己不會看我們畫的漫畫了。」

「就算這樣……！」

士道正想大聲抱怨的時候，琴里攤開手掌制止他。

「放心吧。我並不是沒有對策。」

琴里如此說完，豎起嘴裡含著的加倍佳糖果棒。

◇

「……呼。」

二亞躺在自己房間的床上，輕輕吐了一口氣。

床邊雖然堆了一堆未讀的漫畫和輕小說，但她現在實在沒有心情看。話雖如此，卻也不是在構思漫畫的內容，只是對著天花板游移視線發呆。

她為何會無精打采，答案顯而易見——是因為剛才利用〈囁告篇帙〉偷看到的情報，以及直接通話過的士道和他的妹妹琴里等人。

他們竟然打算畫一本以士道為主角的漫畫讓二亞閱讀，進而對士道本人產生好感。

「……他們也太小看我了吧。」

二亞不悅地如此呢喃。

沒錯。二亞的確非常喜歡漫畫和動畫，只愛上過二次元的角色這句話也不假。

但是，那並不代表只要是二次元的角色她都會喜歡。

這是非阿宅的人容易產生的誤解。想要振興地區的自治團體看見動漫迷造訪成為人氣動畫舞台的場所，也就是所謂的聖地巡禮，就覺得反正阿宅都喜歡這種而利用簡單的萌角色做宣傳，通常沒什麼成效。那是當然啊，阿宅喜歡「有趣的動畫」，並非只要是動畫就全盤接收。就算是萌角色，也需要中心思想。

這次的情況也一樣。二亞的確有好幾個喜愛的老婆角色（就算是男生也叫老婆，老婆無誤），其中的代表性角色是朱鷺夜，但那是建立在角色人物個性迷人的基礎上所產生的感情，並非只要是漫畫角色就會無條件地迷上，外界的人有這樣的誤解著實令人感到心寒。

而且，最重要的是——以實際存在的人物為原型來畫漫畫，根本不可能打動二亞的心。

「……………」

二亞一語不發地伸出左手輕撫空氣。

於是，虛空中出現一本書回應她的動作。

〈囁告篇帙〉，知道這世上所有的事，是二亞最萬能同時也是最邪惡的天使。

「……………」

二亞沒有翻開〈囁告篇帙〉，只是望著它的書皮回想起一小段往事。

她擁有無所不知的天使，現身在人界後並沒有什麼欲望和野心，因此也沒有打算利用這股力量來做壞事，只要安穩地過日子就好。

而實際上，可能是因為擅於與人溝通的關係，二亞比較容易融入人類社會……但不可否認，在這個過程中，〈囁告篇帙〉的力量給予她非常大的幫助。

不過不知何時，二亞的心中湧起了一股好奇心。

——好奇「自己究竟是怎麼誕生的」。

仔細想想，這就是一切錯誤的根源。

若當時她抑制住自己的好奇心，不去翻閱〈囁告篇帙〉，現在的她或許會是更正直的精靈。

不過——二亞卻知道了自己為何會成為「現在的自己」。

以及，「以前」的自己。

二亞知道原因……不對，正確來說是「回想起來」的那一瞬間，把胃裡的東西全吐了出來。

她的內心也因此產生了名為不信任感的毒素。

最糟糕的是，二亞的手上擁有能看穿這世上一切事物的天使。

二亞將她開始在社會上生活之後所認識的人全部調查一遍，朋友、認識的人，甚至是經常光顧的商店店員。

——於是，二亞變成孤身一人。

因為她越是調查、越是知曉真相，就越是受不了人類這種生物的醜陋。

就算外表長得再怎麼善良，內心都潛藏著殘酷的本性。嘴巴上再怎麼說著甜言蜜語，心裡都翻騰著負面的情感。二亞對人類這種生物感到厭倦。

但是，在由人類組成的社會裡生活不可能完全不接觸到人類。

所以，二亞學會偽裝自己。

她決定盡量不使用〈囁告篇帙〉來調查初次見面的人，而是當作在和遊戲中非玩家角色接觸一樣，藉此得以扮演一個普通的人類。

但是，唯獨有個存在能讓她打開心房。

那就是——和自己住在不同世界的二次元居民。

漫畫或動畫的角色就是二亞眼睛所看到的那樣，沒有不為人知的另一面，不會背叛她。

不知不覺，二亞一頭栽進了二次元的世界，甚至自己創作二次元世界當作職業。

所以二亞只愛上過二次元的角色，這句話其實並不正確。

因為二亞無法對現實中的人類敞開心扉。

「所以……沒用的啦。」

二亞仰望著塵埃漫天飛舞的天花板，用左手觸碰〈囁告篇帙〉。

接下來，二亞只要在腦海裡默唸，翻開書封，就能得到所有她想知道的情報。

比如說——沒錯，士道對二亞的評價是什麼。

「……！」

二亞輕輕屏住呼吸抵抗她的好奇心。因為在未來等著的，肯定是二亞不想知道的結果。

她應該早已嚐過好幾次這樣的苦果，然而好奇心卻總是在鼓動她的心。

「……不行，不可以。」

二亞像是在勸告自己似的說完，將手收回原來的位置。

然而，就在二亞湧起輕微的自我嫌惡，嘆了一口氣的瞬間——

「——哎呀、哎呀。難得有這麼方便的天使，妳竟然不利用嗎？」

照理說只有二亞存在的房間裡卻傳出一道陌生的聲音。

「……！是誰！」

二亞急忙從床上跳起。堆積在周圍的書本小山如雪崩般倒塌。

二亞表情充滿了警戒，環顧四周後，牆壁的一部分像是墨水暈染開來似的，有影子逐漸蔓延——一名少女從中現身。

她擁有一頭綁成左右不均等馬尾的黑髮，還有與其相反的白皙肌膚。她纖瘦的身體穿著點綴了鮮血和黑暗色彩的洋裝。

不過，這些在觀看者的意識和記憶中留下深刻印象的要素與她的相貌相比，全都相形失色。她有被天神或惡魔眷顧的端整五官，與坐鎮中央、左右顏色相異的雙眼。仔細一看，她的左眼還浮現如時鐘錶盤的圖案，指針「滴答、滴答」地刻劃著時間。

這幅光景完全不像現實，感覺就像在作夢——而且是非常驚悚的惡夢。要是這樣的少女突然出現，普通人想必不是驚聲尖叫就是呆若木雞吧。

但是，二亞卻表現出第三種反應。她壓低姿勢，謹慎地瞪視著那名少女。

「——妳到底是什麼人？沒敲門就闖進來，未免太沒禮貌了吧？」

二亞如此說完，少女便將手抵在嘴邊嬌豔地發出嗤笑。

「呵呵呵，那我真是失禮了。不過，妳用不著那麼戒備。別看我這樣，我可自認是妳的同伴喔。至少現在是。」

「……同伴？」

二亞一臉懷疑地瞇起眼睛，朝自己的方向揮了揮左手。於是，巨大的書本配合她的動作來到她的手邊。不知為何，少女看見這一幕後眼神似乎散發出光輝。

二亞絲毫不敢大意地和少女對峙，同時輕撫〈囁告篇帙〉的書封。結果，書本自動快速地翻動頁面，頁面上浮現出隱約閃耀著光芒的文字。

二亞用指尖觸摸文字，輕聲嘆息。

「……唔，原來如此。我搭乘的運輸機之所以沒有護衛跟隨，就是拜妳所賜啊——『時崎狂三』。」

二亞故意加重音調呼喚少女的名字威嚇她。

然而，少女——時崎狂三的反應卻與二亞預料的恰恰相反。她的臉上浮現令人毛骨悚然的邪佞笑容。

「——太美妙了。那就是無所不知的天使〈囁告篇帙〉。」

聽見狂三說的話，二亞的臉頰抽動了一下。

「……哦？妳已經調查過我了？」

「是啊。不過我的調查能力當然不如妳，只能靠『數量』蠻幹。」

狂三說完，愉悅地發出笑聲。

「數量」。二亞在意她的語氣，再次觸摸〈囁告篇帙〉。於是，腦海裡瞬間流進狂三這個字詞所代表的含意。

「……原來如此，分身啊。這還真是個麻煩的能力呢。」

二亞滴落汗水如此說道。

應二亞的要求，〈囁告篇帙〉裡記載了狂三的天使〈刻刻帝(Zaphkiel)〉。二亞因此得知她那強大到犯規的能力。

二亞盯著狂三，在內心發出哀號——操控時間的天使是怎樣啊！作弊也該有個限度吧……！

論濫用能力時的危險度，〈囁告篇帙〉也不亞於〈刻刻帝〉，但若是一對一交戰，二亞恐怕毫無勝算。

話雖如此，暴露自己不安的情緒是下下策。狂三能製造出好幾名分身的諜報能力固然可怕，但再怎麼樣也不可能掌握〈囁告篇帙〉的所有能力。

反觀二亞，她卻能掌握狂三天使的所有能力，而狂三也知道這個事實。所以面對深不可測的精靈的人，是狂三。

二亞在情報戰方面占有優勢。既然如此，她必須擺出泰然自若的態度。

二亞如此判斷後「呼」地吐了一口氣，稍微放鬆了僵硬的身體。

「所以，妳這個最邪惡的精靈找我有何貴幹？」

二亞詢問後，狂三便面帶微笑，呵呵笑道：

「——我只是來拜託妳一件極其簡單的事罷了。」

狂三接著緩緩舉起手指向〈囁告篇帙〉。

「我有事情想用那本〈囁告篇帙〉來調查。」

「……有想調查的事情啊。」

二亞故作從容地撫摸下巴。

「看在妳曾救過我的份上，我是想聽聽看啦。不過，還是得看是什麼程度……我和妳不一樣，是個和平主義者，並不打算洩露危險度高的情報。」

聽見二亞說的話，狂三嘻嘻嗤笑。

「請放心，這是非常個人的請求。我向妳保證，這情報不會引發戰爭或使人們變得不幸。」

「……是這樣嗎？」

二亞對狂三投以懷疑的視線。

於是，狂三開啟她那如花瓣的嘴唇回應：

「所以，請妳告訴我——三十年前出現在這個世界上的『初始精靈』現身的原因和理由，出現的正確座標和時間，以及他的能力和——殺了他的方法。」

「……咦？」

聽見狂三說出的話，二亞不禁皺起了眉頭。

◇

「——來，就是這個房間。進來吧。」

琴里如此說完打開房門，努了努下巴催促士道一行人進去。

這個房間位於矗立在五河家隔壁，精靈們所居住的公寓一樓。士道和站在後方的精靈們視線短暫相交後點了點頭，握住門把。

然後，脫鞋走進室內——看見擴展在眼前的光景，不由得瞪大了雙眼。

「這是……」

大約十坪大的空間裡擺放了好幾張大作業台，桌上準備了各式各樣的畫具，宛如將二亞的工作室放大的感覺。不過，這裡的桌子和畫具都是新的，完全沒有使用過的痕跡，與二亞工作室裡的用具截然不同。

離剛才開完會才經過一小時左右，〈拉塔托斯克〉似乎在這短短的時間內就準備好這間工作室。真是一如往常，是個令人大開眼界的組織。

「喔喔！這是……好棒啊！」

「好像專業的……」

「呵呵！不錯嘛，準備了一間能讓吾等八舞大展身手的合適場地嘛。」

跟著士道進入房間的精靈們看見房間的內部裝潢和設備後，也發出讚嘆聲。

士道看見大家的反應後，望向琴里。

「……你們準備了這樣一個房間……看來是玩真的嘍。」

「當然是玩真的啊，騙你幹嘛。其實也沒有其他辦法了吧。」

「嗯，是沒錯啦……」

士道搔著臉頰說完，琴里便盤起胳膊慢慢地走到房間中央，轉過身子面向大家。

然後高聲宣布：

「各位，聽好了。目標是兩天後，十二月三十一日漫畫即售會的最後一天，二亞擺攤的那一天。」
琴里張開雙手，用表演歌劇般的語氣接著說道：
「——那一天，我們會在『二亞隔壁的空間擺攤，並且必須比二亞早賣完和她相同本數的同人誌』。」
聽見琴里說的話，精靈們高聲吶喊：「了解……！」
沒錯。這就是琴里剛才所說的「對策」。琴里從士道的報告得知二亞將會參加月底的同人誌即賣會，因此計劃將焦點集中在那裡，使出全力一擊來決勝負。
「但我們沒時間了。背景和收尾，〈拉塔托斯克〉會支援我們，但要是全部交給他們畫就稱不上是『我們創作的書』了，所以故事和主要角色的繪製得由我們自己來。印刷設備我們已經備妥，但最晚必須在當天三十一日凌晨三點左右之前完成原稿，否則會來不及。」
「可是……會順利賣贏她嗎？對方可是職業漫畫家喔。」
「我也不認為事情會進展得那麼順利。但是，如果以商業基礎來比賽，我們就真的沒勝算了。同人誌的話，考慮到運送至活動會場的方便性，本數應該會有限制才對。我們就只能鎖定這一點了。再說，同人誌畫的頁數也比較少。」
「的確如此……另外就是，假如我們賣完的速度真的比二亞快，她是否真的會認輸……」
「這一點要看她的自尊心和我們的說話技巧了吧。不過，懲罰就只有『看我們畫的漫畫』而已，我想希望應該滿大的。」

「……那麼，問題就在於……」

士道一本正經地詢問後，琴里便點點頭回答：

「沒錯。問題在於我們要怎麼製作出打動二亞心靈的同人誌，以及——要怎麼比二亞快把書賣完。」

琴里如此說完便快步走到房間內部——白板的前方，披在肩上的外套因而隨風飄動。

「——所以，我們先來分配職務吧。故事情節大家一起構想……問題是畫圖。我姑且先問一下，你們當中有誰畫過漫畫或插畫的？」

琴里如此說完看了精靈一輪後，有幾名精靈舉起了手。分別是耶倶矢、夕弦，以及原本是人類的折紙和美九。

「我想也是妳們這幾個人……不過，還是得先看大家的繪畫功力。所有人挑一張喜歡的桌子坐下，畫一張士道的圖。」

「喔喔！要畫士道是吧，交給我吧！」

「哼哼，好吧。汝等就好好見識本宮的絕技吧！」

「首肯。士道，請你站在那裡一下。」

「達令，請看這裡，看人家這邊！」

「…………」

精靈們隨便找一張桌子坐下，開始在桌上放的肯特紙上移動鉛筆。就在這個時候，琴里像是想起什麼事情似的動了一下眉毛。

「啊，對了。士道你也隨便畫張圖吧。」

「我也要嗎！」

「是啊。你以前不是有在筆記本上畫了許多角色嗎？我記得——」

「啊！啊啊啊啊啊啊啊啊啊啊啊！」

士道高聲吶喊蓋過琴里的聲音。於是，精靈們露出吃驚的表情望向士道。

「你……你怎麼了，士道？幹嘛突然大叫？」

「嚇……嚇我一跳……」

「……哎，妳就別管他了。」

七罪不知為何表現出一副察覺到各種事情的模樣，將手放在四糸乃的肩上。四糸乃儘管納悶還是輕輕點了點頭。

「好了，你們快點畫。我也會畫。」

「唔……」

琴里晃動著嘴裡的加倍佳糖果棒，催促著其他人。要是繼續抵抗，琴里可能又會說出什麼不該說的話。士道不甘心地發出低吟後，便和十香等人一樣找一張桌子坐下，開始在紙上畫圖。

——過了三十分鐘，大家畫好圖了。

「好了，那麼照順序來看大家畫的圖吧。」

「喔喔！來看吧！」

「我也……畫好了。」

十香和四糸乃回應琴里，接著把完成的畫舉起來給大家看。

可愛是可愛啦……但是，兩幅畫都是小學生的繪畫程度。

「原來如此……嗯，很可愛。」

「真的嗎！」

「是啊。不過，不適合用在這次的同人誌上。」

「對……對不起……」

四糸乃一臉抱歉地縮起肩膀。士道苦笑著撫摸她的頭。

「那換下一個。順帶一提，我的畫是這樣。」

「啊～～那人家也要展示！你們看！」

琴里和美九出示她們畫的圖。

雖然是比十香和四糸乃畫的圖的年齡層稍微高一點，但那與其說是漫畫，倒不如說像是高中女生畫在筆記本角落的可愛人物。
不過，有一點令士道感到好奇。所有人畫的人物應該都是士道，但不知為何，只有美九畫的插畫人物是留著長髮，還穿著裙子。
「……呃，美九？」
「在，有什麼事嗎，達令？」
「……不，沒什麼。來看下一個人吧，下一個。」
美九眼睛閃閃發光地回答。士道本能地感到恐懼，移開視線。要是深入追究，感覺美九會以插畫為主，反而扭曲現實中的他。
「呵呵呵……下一個換吾等了！」
「出示。請看。」
八舞姊妹自信滿滿地展示出她們的畫。
「喔喔！」
看見她們的畫，士道不禁將眼睛瞪得圓滾滾的。兩人不愧曾經以插畫一較高下，耶俱矢和夕弦的畫功非常精湛，是剛才的四人所無可比擬的。
當然，草圖多少有些凌亂的線條，但已經足以繪製成漫畫了。順帶一提，耶俱矢畫的士道是少年漫畫風的熱血士道，而夕弦畫的士道則是少女漫畫風的耽美士道。

紙。

「妳們兩個很厲害嘛。」

「哈哈哈！那還用說嗎！」

「首肯。我們八舞是無所不能的。」

兩人自信滿滿地挺起胸膛。琴里看了她們的畫，將手抵在下巴發出低吟，接著望向士道和折紙。

「目前的主要繪圖候選人是八舞姊妹呢——好了，那麼來看下一個人畫的圖吧。」

「喔……好……」

「了解。」

士道和折紙回應琴里，展示他們畫的圖。所有人的視線都集中在他們畫的圖上面。

「嗯、嗯，雖然比不上耶俱矢和夕弦，但士道畫得也不賴呢。折紙呢……呀！」

將手抵在下巴探頭看插圖的琴里發出尖銳的叫聲。

不過，也難怪她會做出這種反應。因為折紙畫的圖很寫實，而且畫功非常了得，但是……紙上的士道一絲不掛，和一樣全裸的折紙親密地糾纏在一起。

「什麼……！」

「……！」

繼琴里之後，精靈們也屏住了呼吸。然而只有夕弦和美九兩人綻放出微笑，眼睛散發光彩。

「妳……妳在畫什麼啊，折紙！」

「士道——以及和他合為一體的我。」

「妳幹嘛畫多餘的東西啦！」

琴里大喊後，便將折紙的畫蓋起來。

「真是的……因為妳畫得很好，我就把妳加入繪圖候選人員裡，但正式畫的時候妳可別搞這種飛機喔……！」

「無法理解。想賣出同人誌，應該不能避免十八禁要素。」

「我們擺攤的攤位是『全齡向創作區』啦！」

琴里大叫後，唉聲嘆了一口疲憊的氣息。

「我看看……這就是全部了吧？那麼……」

「那……那個……」

就在琴里話說到一半的時候，四糸乃戰戰兢兢地發出聲音。

「還沒有看七罪畫的圖……」

「……！啊，不，我就……」

聽見四糸乃說的話，七罪的肩膀顫了一下，將拿在手上的紙藏在身後。

「啊～～對喔。對不起喔，七罪。可以讓我們看看嗎？」

「……是……是可以啦，但我畫得不怎麼樣。找耶俱矢、夕弦、士道、折紙當中的一人去畫就好了。」

「妳都特地畫了，就讓我們看看嘛，好嗎？」

「……唔……唔唔。那個，我其實畫得很難看，不要過度期待喔。」

「別擔心啦，我也沒畫得很好啊。」

「說真的，我今天睡眠不足，身體狀態不好，而且也很久沒拿筆了……」

「知道了啦。」

「話說，我一直在猶豫要畫什麼姿勢，所以實際上只花了十分鐘左右畫圖，而且我真的超久沒畫畫了，最近睡眠不足，狀態很差……」

「啊～～我已經知道了啦，快點給我們看！」

琴里發出焦急不耐的聲音，一把搶走七罪手上的紙。

然後將紙張翻到正面——瞪大了雙眼。

「咦……這是……」

「畫……畫得好棒……」

「妳說……什麼？」

精靈們你一言我一語地發出驚愕的話語。

不過，這也是理所當然的事。因為七罪的畫功不比職業漫畫家遜色。

「七罪，妳很厲害嘛，沒想到妳竟然有這樣的專長！」

「……沒有啦，算不上什麼專長……只是以前有點興趣……曾經『模仿』過漫畫家……」

「啊——」

聽見七罪說的話，士道瞪大了雙眼。

沒錯。七罪原本就是擁有天使〈贗造魔女〉的仿造精靈。她能改變所有東西的形體，甚至連自己的姿態都能改變成喜歡的樣貌。

而在化身成實際存在的他人時，她能模擬對象的行為舉止，相似到連對方親密的友人都無法輕易識破，是個觀察與模仿的天才。

「——決定了呢。」

琴里說完，吐了一口氣。

「由七罪擔任主要繪圖人員，八舞姊妹協助，士道和折紙也加入。」

聽見這句話後，精靈們也點點頭表示同意。

「嗯，我贊成！」

「妳真棒……七罪。」

「沒有異議。」

「哼，也罷。這次本宮就退讓吧。」

「贊成。夕弦把這個榮譽讓給妳。」

「呀！七罪，妳等一下可以畫人家跟達令的愛情故事嗎？」

「咦……咦？」

聽見大家這麼說，七罪慌亂得眼珠子直打轉。

士道一把握住七罪的手。

「拜託妳了，七罪。為了拯救二亞，我需要妳的力量。」

「咦──！」

士道以認真的眼神如此說了。七罪猶豫了一會兒後──

「…………之……之後你們可別抱怨我喔。」

一臉難為情地這麼說。

現場響起掌聲，所有人都拍手祝福七罪。於是，七罪滿臉通紅地低下頭。

就在這個時候，十香像是察覺到什麼事情似的歪了歪頭。

「話說，琴里，那我們該做些什麼啊？」

「聽妳這麼一說，也對喔。啊！難不成是幫畫圖畫累的大家仔細地按摩，或是唱搖籃曲給他們聽，一起睡覺嗎！」

美九扭動著身軀，眼睛閃閃發光。七罪「噫！」地驚叫一聲屏住呼吸，躲到士道的身後。

「才不是呢。我有其他事要妳們幫忙。就某種意義而言，或許是比畫漫畫重要的任務喔。」

琴里無奈地聳聳肩後如此回答。於是，美九、十香和四糸乃彼此對望，疑惑地歪了歪頭。

「重要的任務……嗎？」

「到底要做什麼事呢？」

「到時候妳們就知道了。不談這個了，我們大家先一起來構思同人誌的故事情節吧。」

「唔？不是要畫士道嗎？」

「是要畫士道沒錯，但現在開始製作，能畫的頁數有限。就算有〈拉塔托斯克〉支援，最多也只能製作六十四頁的同人誌，從中扣除掉正反書衣四頁和版權頁，能畫的剩五十九頁。我們必須在這五十九頁當中創作一個完整的故事，並且讓二亞喜歡上『士道』這個角色才行。」

「唔……原來如此。還真是困難呢。」

十香面有難色地盤起胳膊，琴里便走到房間內部，站到放在那裡的白板前。

「所以大家先一起集思廣益。構思好故事情節後在今天內畫完草稿，明天一整天畫完圖。」

「……重新思考過後，這個日程表還真是緊湊呢……我們真的能完成進度嗎？」

「只能拚命完成了。」

琴里「啵」的一聲取下麥克筆的蓋子，在白板上寫下「士道同人誌計畫」這幾個字。

然後看著所有人的臉，高聲宣言：

「來吧——開始我們的原稿(DATE)吧。」

第四章　放棄的話就踩死線了

——本条二亞居住的公寓頂樓上冒出一團影子。

狂三從影子中一邊轉圈圈跳著舞登場。她挺起身子微微伸了個懶腰後，慢慢望向天空。

接著，配合狂三的動作，地面上擴展開來的影子裡傳來了好幾道熟悉的聲音。

「——好了、好了。」

「這下傷腦筋了呢。」

「究竟該如何是好呢？」

這些話冒出的同時，公寓頂樓的各個地方都產生出影子，數名少女從中探出頭來。這些少女全都綁著左右不對稱的雙馬尾髮型，左眼顯示出時鐘的錶盤，樣貌十分奇特。

這些聲音聽起來熟悉也是理所當然的。因為那全都是「狂三」的聲音。

利用狂三的天使〈刻刻帝〉【八之彈(Het)】的能力所產生的狂三分身群，正從影子裡對狂三說話。

狂三「呼」地吐著氣回答：

「是啊——」

狂三確實與她長期尋找的第二精靈相遇，利用她的天使能力得到「初始精靈」的情報。

然而，結果卻讓狂三得出了一個重大的結論。

她鬱鬱寡歡地吐了一口長氣，聳了聳肩。

「就算收集靈力，用【十二之彈(Yud Bet)】回到三十年前——我也絕對贏不了『初始精靈』。」

「…………」

狂三說完後，原本非常吵鬧的「狂三們」同時安靜了下來。

所有人都露出真摯的表情，望向狂三。

「——哎呀？」

狂三瞥了一眼她們，發出嘻嘻嗤笑。

「怎麼擺出這種表情呢，我們？以為我會因為這點小事就放棄嗎？以為我會因為這點小事就浪費掉累積至今的萬條人命嗎？」

狂三如此說完，「咚、咚」地踏著宛如舞步的步伐橫越頂樓，輕輕蹬了一下地面，跳上圍欄的角落。

然後，睥睨在眼下擴展開來的城鎮，語氣輕快地繼續說道：

「『初始精靈』的力量的確很強大——但是，那又怎樣？我的〈刻刻帝〉是操控時間的最強天使。在時間這樣的概念面前，什麼力量都毫無意義。」

狂三瞥了一眼背後的分身群。

見到二亞後得到的情報當中，意義重大的並非「初始精靈」的能力——而是他出現的理由和原因。

「事情非常簡單。『初始精靈』在三十年前誕生。那麼只要回到他出現在這個世界之前的時代，排除他誕生的原因就好。」

說完，狂三豎起右手的食指和大拇指做出槍的形狀，朝虛空射擊。

聽見狂三說的話，分身群鼓譟了起來。

「——不過，不能親手殺死那個精靈，說不遺憾是假的。但這種時候我就不計較了。」

沒錯。重要的是——消除「精靈」誕生於這個世界的事實。

就像士道過去所做的一樣，將歷史導回它原來應有的形態。

狂三垂下視線，重新下定決心——緊緊握住拳頭。

「話說回來……」

片刻之後，她「呼」地嘆了一口氣。

她在腦海反復思量剛才從二亞口中聽來的「初始精靈」出現的理由，語氣無奈地自言自語。

「艾薩克・雷・貝拉姆・威斯考特、艾蓮・米拉・梅瑟斯，還有——艾略特・鮑德溫・伍德曼。」

說出這——三大罪人的名字。

「事到如今提起他們的名字也於事無補，但是……下次要是見到他們，我可能會忍不住想大開殺戒。」

狂三唾棄般說完蹬了一下圍欄，彷彿被吸進地面似的向下掉落。

◇

果不其然，士道等人開始如地獄般的製作過程。

大家一起決定故事情節後，士道和精靈們便分成繪圖小組和特別小組，開始進行作業。

首先，繪圖小組由七罪繪製漫畫的設計圖——分鏡，以及草稿和書封的線稿圖。

由於七罪的負擔最重，如果可以的話，其實希望分工合作，但如果不由她一個人負責，內容和表現能力會出現落差，因此不得不全交給七罪負責。

在七罪繪圖的期間，清閒的士道等人就觀賞簡單說明製作漫畫步驟的影片，在肯特紙上練習用筆劃線以便幫忙繪圖作業。

練習結束時，時間已經來到三十日的凌晨兩點。

本來這時大家應該小睡一下，從清晨開始進入繪圖作業，但七罪建議繼續作業。因此決定大家輪流小睡片刻，盡可能不降低作業效率，工作到天亮。

首先用直尺和筆在七罪畫好的草稿上畫出框線，描繪放入台詞的對話框。

結束後，就要正式進入主要的階段。所有人開始使用蘸水筆幫用鉛筆繪製的角色們描線。

不過——

「……嗚哇！畫出框外了！」

「唔……漆黑的眼淚滴到純白的聖地上了！」

「動搖。墨水滲到尺下面了。」

「……沒問題。這點失誤還有辦法補救。」

士道等人雖然多少有畫過插圖的經驗，但百分之百是外行人，不可能從一開始就完成漂亮的原稿。

話雖如此，集中力和適應力真是可怕的能力，凝視草稿到都快看出一個洞了，慎重地移動蘸水筆，畫著畫著總算能在草稿上準確地描上線條……不過，耶俱矢和夕弦可能是畫到一半耐不住性子了，只見她們放棄蘸水筆，用極細的麥克筆——也就是所謂的細字筆描繪細緻的部分。

描完線後的頁面，用橡皮擦小心地擦掉鉛筆線，再放進掃描機掃成圖檔，傳送給中津川率領的助手小組。

雖然是靠人數日以繼夜地進行作業，但如果不這麼做的話，根本不可能在兩天左右的時間完成一本漫畫。
但就算如此，士道等人的技巧也不會進步。幫七罪的草稿描線比預想的還耗損大家的精力。
「…………」
「…………」
「…………」
運筆的聲音響徹寬敞的房間。基本上有放ＣＤ播放背景音樂，但似乎沒什麼人的心靈因此得到療癒的樣子。
開始作業後不知經過了多久——
「嗨，各位，畫得還順利嗎？」
房間的門突然打開，雙手提著疑似慰勞品袋子的琴里隨後走了進來。
「……喔喔，琴里。還算可以吧。」
「……才幾個小時沒見，你好像變老了呢。」
琴里臉頰流下汗水如此說完，便將袋子放在桌上，發出宏亮的聲音：
「我把慰勞品放在這裡喔，休息的時候吃吧。」
「呵呵……供品啊。汝還真是貼心呢。」
「感謝。謝謝妳，琴里。」

「…………」

八舞姊妹向琴里道謝，折紙則是默默無語地輕輕揮了揮手。順帶一提，在那個時間點還傳來一道「……唔」的聲音。大概是七罪在回應琴里吧。

琴里確認過大家都回答她之後，走向士道的桌子。

「……士道，可以借一步說話嗎？」

「嗯？什麼事？」

「是有關二亞的事情。」

「……！發生什麼事了嗎？」

士道詢問後，琴里便點了點頭，接著再次提高音量好讓其他人聽見。

「抱歉，各位，士道借我一下。等他回來之後，我會讓他以加倍的速度工作。」

「喂！」

士道發出高八度的聲音，但琴里絲毫不在意，抓著士道的袖子離開。

「唔呃……」

士道被琴里拽著，像小狗被繩索拉著走一樣走出了房間。

兩人直接走到公寓外頭。刺眼的陽光令士道眼前一片白茫茫，一時看不見東西。

「唔……天已經這麼亮了嗎？慘了，還剩幾小時？」

「原稿固然重要，但你先上車吧。」

琴里說完，指向停在公寓前的汽車。

士道聽從琴里的指示和她一起坐進後座後，車子便立刻發動，奔馳在路上。

「所以……」

士道用眼角餘光捕捉從窗外飛過的街景，提出疑問。

「妳到底查到了二亞什麼事？」

「其實——我連繫到了自稱是二亞漫畫家朋友的人。」

「真……真的嗎？那麼只要向那個人打聽——」

「沒錯。或許可以知道什麼二亞的過去。」

琴里瞥了士道一眼如此說道。士道嚥了一口口水。

移動了二十分鐘左右之後，士道兩人搭乘的車子停在某家咖啡廳前面。

「——到了，下車吧。令音已經先進去接待那個人了。」

「嗯……好。」

士道感覺有些緊張地下車後，踏進那家咖啡廳。

然後環視店內——看見微微舉起手呼喚士道的令音。

「令音小姐，妳好。」

「抱歉啊，讓妳久等了。」

「……喔喔，你們來啦，小士、琴里。」

今音以睏倦的語氣說道，程度不亞於通宵狀態的士道，然後指向坐在她對面座位的人物。

「……我來介紹一下。這位是漫畫家高城弘貴老師。」

「啊，你好——」

士道點了點頭打聲招呼——卻在一瞬間停下動作。

因為聽見弘貴這個名字會想像成是一名男性，然而坐在那裡的，卻是一名年紀約二十五歲到二十九歲之間的女性，戴著度數看起來很高的厚眼鏡。

不過，士道在此時回想起來。《OTHER FAKE》的高城弘貴。是二亞曾經提過，和自己一樣使用男性名當作筆名的女性漫畫家。

「妳好，我是五河士道。」

「妳好，我是琴里。今天謝謝妳特地跑一趟。」

「喔喔，你們真是太客氣了。」

士道和琴里打完招呼後，高城便如此說了，用手撐住桌子低頭行了一個禮。

之後，從眼鏡的縫隙仰望士道和琴里的臉。

「……然後，我聽說你們今天好像想詢問本条老師的事情是嗎？」

「啊——對，沒錯。什麼事情都可以，能不能告訴我們妳知道的事？」

士道說完，高城便推了推眼鏡，鏡片因此閃耀著光輝。

「可以是可以，不過……你們跟本条老師究竟是什麼關係？」

「咦？」

「失敬了。不過小生我們好歹是靠名聲掙錢的，怎麼可以隨便把情報告訴不相干的人呢？」

「原來如此……」

她說的確實有道理。但士道一時之間想不出什麼好理由，於是思考了一會兒。

結果琴里從他的旁邊說了：

「——其實，我們是『二亞姊姊』的遠房親戚，從幾年前就聯絡不到她……所以才向各式各樣的人打聽她的事情。」

然後慎重地編出理由。想必是早已設想會遇到這種狀況了。還是說，是剛才當場隨口編出的理由呢？無論如何，看見面不改色說得煞有介事的妹妹，士道從她身上感覺到當詐欺師的才能。

「唔，原來是這樣啊。」

高城輕聲低吟，接著點了點頭。一定是因為琴里說出「二亞」這個她沒向大眾公開的本名才取得高城的信任吧。

「理由我明白了。小生也很擔心本条老師，我會盡其所能地協助你們。」

「真的嗎？非常謝謝妳……」

士道手扶著膝蓋，低頭道謝。

不過——高城卻露出有些為難的表情，搔了搔臉頰。

「但是……小生也不確定能幫上你們多少忙。」

「怎麼說……」

「其實小生這幾年也沒跟本条老師碰面。而且……本条老師好像討厭小生的樣子……」

「咦？這是怎麼回事？」

士道詢問後，高城便一臉尷尬地抓了抓頭繼續說道：

「沒有啦……小生是八九年前左右在出版社的宴會上認識本条老師的，我們一見如故，很快就成為了朋友。不過……從某個時期開始，她對我的態度就突然變得很見外，漸漸疏遠……小生自以為是她最要好的作家朋友，不過……可能是我太放縱了，在自己沒察覺的情況下得罪了她也說不定。」

「那是……」

聽見這句話，士道微微皺起眉頭。他望向旁邊，發現琴里也露出類似的表情。

恐怕琴里也猜想到了吧——天使〈囁告篇帙〉的存在。

「怎麼了？」

想必是覺得士道和琴里的反應令人不解吧，高城歪了歪頭。

「沒……沒有，沒什麼事。」

「唔……這樣啊。總之，事情就是這樣。小生可以把我知道的事情告訴你們，但我可不保證能幫上你們的忙喔。」

「好的，麻煩妳了。」

士道點了點頭如此說完，高城也回以首肯，繼續說了。

——經過大約四十分鐘。

士道和琴里向高城道完謝，走出咖啡廳後，搭乘剛才那一輛車，望著窗外的景色。

從高城的話裡得知二亞給人的感覺和藹可親，能親切地和任何人聊天。

但是，不太願意提起當漫畫家以前的事。尤其是問到她以前的朋友關係時，二亞總是含混地帶過。

以及——每當出現像高城這種特別談得來的人，她反而會疏遠。

「……琴里，妳怎麼想？」

「還能怎麼想——」

琴里開啟雙唇回答士道提出的問題。

「肯定跟〈囁告篇帙〉有關吧……動腦筋想想，這一點兒也不奇怪。要是擁有能知道世界一切事物的天使，任誰都會調查周圍的人吧。」

「是啊……不過……」

「嗯。二亞恐怕是因此對人類產生了不信任感。這也難怪吧，這世上不存在二十四小時都保持聖人狀態的人。會說別人的壞話，也會在背地裡幹壞事。有了〈囁告篇帙〉，會認為人類都很醜惡也是理所當然。」

琴里胡亂搔了搔頭。

「……沒想到她內心的陰影這麼深。聽到她喜歡二次元的角色時，我還以為她在耍我們……也就是說，她只對不會背叛自己的存在敞開心扉吧？這樣……未免也太悲哀了。」

「…………」

聽見琴里說的話，士道沉默了片刻。

琴里說的確實很有道理。二亞不想談論以前的朋友關係以及沉迷於二次元的理由，恐怕都出自於這個原因吧。

不過唯獨最後一點，她疏遠高城的理由……士道總覺得哪裡不太對勁。

「……士道？」

「咦？喔喔……」

士道回應後，琴里便一臉不開心。

「我知道你因為通宵畫畫很睏倦，但這個問題很嚴重。你不要發呆啦。」

「啊……抱歉。」

士道簡單地回答後，凝視著移動快速令人眼花繚亂的風景，握緊拳頭。

「總之——現在必須完成同人誌。得製造出再次跟二亞對話的機會，否則什麼都免談。」

士道說完，琴里露出有些意外的表情點頭表示贊同。

◇

——十二月三十一日凌晨一點，作業也漸入佳境。

精靈公寓一樓的工作室呈現士道等人累得頭昏眼花，眼神空洞地描著線稿的景色。

「…………」

士道一語不發，採取前傾的姿勢緊貼著桌子，一筆一劃小心翼翼地描繪七罪畫的角色的鉛筆線條。

他手上戴著露指手套避免弄髒原稿，而額頭上則是貼著涼爽貼片來驅逐睡意。桌子的角落還擺著一堆提神飲料的空瓶和咖啡空罐。

「……一點……要傳送圖檔，請〈拉塔托斯克〉的人完成原稿的話……時間差不多……要到了喔……」

「……嗯……」

「回……答。夕弦快要描完了……」

「…………」

開始作業後整整一天，士道除了吃飯、上廁所和小睡片刻外，屁股都黏在椅子上持續畫著圖。連續不斷進行需要繃緊神經的作業，精神上的疲憊程度比想像中還要大。剛才去上廁所時映照在鏡子裡的臉像令音一樣浮現深深的黑眼圈。

話雖如此，陷入這種狀態的並非只有士道。在士道左方的桌子進行作業的耶俱矢和夕弦狀態也跟士道相去不遠，意識模糊不清。唯一若無其事的只有折紙，但是就連她也每隔數小時就會像電源耗盡般一動也不動。

不過，現在這個房間裡處於最危險的狀態的，無庸置疑是七罪。

七罪在房間最內側的桌子前，隨意紮起她的長髮畫著圖。由於開始作業後，她一次也沒有稍事休息，所以眼睛充血，指尖不斷顫抖。就算士道等人三番兩次地勸她去休息，她也一次都沒有要放下筆的意思。經過一夜，這份執著賦予了少女一股專家的威嚴感。

看見她的姿態，士道也不能示弱。他擠出最後的氣力在指尖施力，進入最後衝刺。

「好……這樣就……描完了……」

士道發出顫抖的聲音低喃後，直接無力地趴倒在桌上——當然，有避開原稿。

幾乎同一時間，八舞姊妹和折紙似乎也結束作業。耶俱矢、夕弦和士道一樣癱倒在桌上，折紙則是挺直背脊，暫時停止動作。

接下來只要等墨水乾掉，用橡皮擦擦掉鉛筆線條，轉成圖檔傳給助手小組就完事了。剩下的交給〈拉塔托斯克〉的各位就沒問題了吧。

就在這個時候，工作室的房門恰巧打開，各別行動的琴里等人抱著大紙箱走了進來。

「……嗨，士道。」

「喔喔，琴里……」

士道望向琴里她們回應琴里後，不由自主地瞪大他乾澀的雙眼。

這也難怪吧。因為走進房裡的琴里、十香、四糸乃，甚至連美九，都和士道他們一樣一臉倦容。

「妳們……臉色怎麼這樣，幹什麼去了？」

士道詢問後，她們望了望彼此的臉，又將視線挪回士道的身上。

「這是祕密，士道。」

「敬請期待……」

「呵呵呵……其實睡眠不足是美容的大敵，但總不能只讓達令你們做事吧～～」

如此說完後，十香、四糸乃和美九神情疲憊但愉快地展現笑顏。士道納悶地歪了歪頭。

「重要的是，你們畫得怎麼樣了？」

「喔喔……我剛才正好畫完了。接下來只剩擦掉鉛筆線，掃成圖檔，傳送給助手小組了。耶俱矢、夕弦和折紙大概也畫完了吧？」

「這樣啊。辛苦你了。那麼只剩——」

琴里如此說著望向房間最裡頭。

沒錯。房間裡還有一名少女在畫圖。那就是七罪。

士道枕在桌上幾秒後，慢吞吞地站起身，和琴里等人走向七罪。

可能是看到士道的行動，八舞姊妹和折紙三人也聚集到七罪身邊。

「七罪……？妳還好嗎？」

「…………」

「七罪？」

「……！啊……啊啊……嗯……」

士道出聲搭話後，七罪便顫了一下肩膀，抬起疲倦的臉。她的眼睛紅通通的，還掛著深深的

熊貓眼。任誰的眼裡看來，她都已經接近極限。

「我們的作業結束了，換人吧。妳應該累了吧？先去睡一會兒。」

「……不，不用。我快要畫完了……」

七罪搖頭拒絕士道，繼續作業。可能是視線模糊，只見她搓揉著雙眼。手上的墨水沾上了她的臉龐，宛如打板羽球打輸後被人畫臉的狀態。

「妳說妳快畫完了……可是七罪，妳從昨天開始就一次也沒睡吧。而且還包辦分鏡、草稿，負擔最吃重……」

「正是如此。關鍵在即賣會。剩下的交給吾等，汝只要被暗夜的睡眠誘惑就好。」

「同意。妳有點過勞了，七罪。」

「休養也是了不起的工作。」

就算一起作業的八舞姊妹和折紙如此規勸，七罪還是完全沒有打算停止作業的意思。

她用空洞的眼神凝視著原稿，專心一意地不斷動著筆。

「……我沒問題的……」

「可……可是……」

士道說完後，七罪便用她顫抖的手指劃著漂亮的線條，繼續說道：

「……我大概在正式上場時派不上什麼用場，我能做的……就只有這點小事了……所以，讓我畫。我萬萬沒想到會有人需要我的力量。我也想幫上大家的忙……」
「七罪……」
「……士道和大家幫助了我，我真的很開心……所以，這次我才能和大家通力合作來幫助其他精靈。這真的……真的令我非常高興。我一點也不覺得辛苦，反而無比地開心。真希望快點讓那個叫二亞的死腦筋……體會到……」
七罪輕輕微笑後，緩緩抬起拿著筆的手。
「——有朋友真好……」
在畫完最後一條線的同時，七罪無力地從椅子上跌落。士道在千鈞一髮之際抱住了她。
「喂，七罪，妳沒事吧！」
「…………」
士道憂心忡忡地出聲說了，七罪便發出熟睡的鼻息聲回答他。
「……七罪，妳真是努力呢。」
士道如此說完，面帶微笑地撫摸七罪的頭。
於是，站在士道後方的美九眼泛淚光地大聲說道：
「嗚嗚，人家太感動了！所以達令，人家把七罪抱去房間睡……」
「士道，把七罪抱到房間去。記得要鎖上門。」

琴里打斷美九，如此說道。於是美九扭著身體回答：「討厭啦，琴里妳真壞心～～」

琴里不理會美九，從七罪的桌子拿起描完線的原稿後凝視著原稿，輕輕點了點頭。

「──很完美。」

然後，望向所有人。

「這是七罪耗費心力所畫出的原稿。這下子，武器就到齊了。

──各位，這場比賽，我們絕對要贏。」

聽了琴里說的話──

士道等人舉起拳頭回答：

「好！」

◇

然後旭日東升，時間來到早上七點三十分。戰場之門開啟了。

在Comic Colosseum的會場──大型會議中心天宮廣場大排長龍的社團參加者，一齊進入大廳內。原本安靜無聲的空間響起無數的腳步聲和手推車的移動聲。

所謂的Comic Colosseum，就是指在夏天和冬天，一年舉辦兩次的大型同人誌即賣會。分成三天的日程舉辦，是聚集來自全國的漫畫和動畫迷的一大活動。每年情況不同，據說三天總共聚集了五十萬以上的參加民眾。

這個活動如此龐大，一般參加民眾自然不用說，擺攤的社團參加者人數也多如牛毛。大廳開場後不久，人群的行進宛如地鳴般讓建築物產生震動。

——開場後約一個小時，社團參加者的人潮大致散去時……

士道一行人——社團〈拉塔托斯克〉才終於站在來往行人變少的大門前。

「好……各位，我們走吧。」

「嗯，準備萬全！」

「加……加油……！」

聽見士道說的話，精靈們用力點了點頭。

雖然所有人的身體狀況還稱不上精力充沛，但作業結束後姑且睡了一覺，恢復了幾分體力。

順帶一提，士道清醒的時候身邊緊黏著折紙。而美九的左右手則是各抓著四糸乃和琴里，露出無比幸福的表情沉睡，四糸乃和琴里像是作惡夢似的發出呻吟。鳶一嫌疑犯和誘宵嫌疑犯兩人都否認罪行，堅持那是睡相不佳，但〈拉塔托斯克〉判斷兩人是在有知覺的情況下犯案，正在進行調查。

總之，決戰的時刻到了。士道率領著精靈們走在寬廣的連結通道上。

然後到達東大廳，朝自己的攤位前進。

大廳內已經擠進好幾名社團參加者，因而顯得混雜不已。所有人看來都十分忙碌，在桌面鋪上桌布，擺放書本，布置自己的攤位。

「哇……我是第一次來，這場面還真是壯觀呢。」

「首肯。大家都好考究喔。」

「就是說呀。這種氣氛，感覺跟演唱會有幾分相似呢～」

精靈們興致勃勃地觀察周圍的情況，雀躍地聊著天。

就在看見大廳的牆壁時，琴里對所有人說道：

「——找到了，是二亞。」

聽見她說的話，所有人感到一陣緊張。

士道嚥了一口口水後望向前方的社團攤位。

正如琴里所言，精靈二亞就在那裡。她正和幾名工作人員一起將書擺放在長桌上。

「…………」

士道下定決心朝前方走去。

於是，二亞像是察覺到士道一行人般抬起頭。

「……嗯？」

說完，她推了推眼鏡，從鐵管椅上站起來。

「真巧啊，少年。沒想到會在這種地方遇見你。哎呀，大家也在啊。大多數的人都是第一次見面吧。」

二亞望向並排在士道身後的精靈們。十香、折紙、耶俱矢和七罪表現出警戒的態度，四糸乃和夕弦輕輕點頭打招呼，而琴里只是盤起胳膊回望她。順帶一提，美九則是將手抵在下巴，眼睛閃閃發光，呢喃著「哦哦……戴著眼鏡的苗條美少女也很不錯呢……是以往沒有遇過的類型～～」這種莫名其妙的話。而七罪則是稍微跟她保持一點距離。

「……所以？你們到底是來幹嘛的？要來COMICO當然是你們的自由，但一般參加民眾是十點之後才開始入場喔。」

二亞聳了聳肩，如此說道。

於是，琴里鬆開盤起的胳膊回答：

「多謝妳的忠告——不過，我們不是一般參加民眾。」

然後慢慢地舉起右手指向二亞隔壁的攤位。二亞循著她的指尖望去，露出疑惑的表情。

「嗯……？喔喔，原來如此啊。」

二亞輕輕吐了一口氣後，拿起放在桌上類似大廳內部地圖的東西。

「我就覺得奇怪。看地圖，這裡應該沒有攤位才對，來到現場後卻又增加了一個空間。我還以為鐵定是主辦單位的失誤呢……原來是你們搞的鬼啊。」

「對……事情就是這樣。」

士道如此回答，二亞便對士道等人露出不愉快但又對出乎意料的事態感到有意思般的表情。

「……話說回來，妳的成員還真多呢。」

「哎呀，妳也不遑多讓嘛。」

「是啊，他們都是來打工的。僱用關係真是好呢，我付多少錢給他們，他們就為我做多少事，簡單明瞭，多好。」

「…………」

聽見二亞說的話，士道和琴里輕咬嘴唇。因為高城昨天講的話掠過他們的腦海。

「然後呢？你們參加我是沒意見啦，但你們要賣什麼？就我看來，你們好像空手而來呢。」

「是啊。」

琴里彈了一個響指。

於是，宛如呼應她的動作般，三名男子從搬貨入口推著載滿紙箱的板車走了進來。仔細一看，分別是〈佛拉克西納斯〉船員的中津川、川越和幹本。

「——社團〈拉塔托斯克〉的貨物送來了！」

「謝謝。堆在那個空間吧。」

「是！」

三名船員回答後，將紙箱堆在社團的攤位內。數量竟然有十箱，剛好和堆在二亞攤位後方的物品數量相同。

「五百本一箱，總共十箱……剛好和妳搬來的數量一樣喔，二亞。」

「……哦？妳調查得很清楚嘛。所以，難道妳想說你們會比我早賣完那些本子嗎？想得還真美呢。不過，也難保你們的收入不會超越我就是了。」

「妳理解能力那麼強，我就不多說了。」

聽見二亞說的話，琴里揚起嘴角。

就在這個時候，在周圍的攤位進行布置的參加者突然開始竊竊私語了起來。

本來以為他們是察覺到二亞和士道等人一觸即發的緊張氣氛——然而，並非如此。看來他們的視線似乎是集中在搬運貨物的中津川身上。

「喂，那該不會是……」

「對，那副眼鏡和手套，肯定不會錯。是傳說中的社團〈妹妹頭〉的代表，MUNECHIKA……！」

「怎麼可能！是五年前因為爭執『口齒不清的妹妹要稱呼葛格還是哥個』導致社團分裂後，從此沒有出現在 COMICO 的那個男人嗎……！」

傳來這樣的閒言閒語。士道和琴里瞇起眼睛鄙視地看向中津川。

「……〈妹妹頭〉？」

「MUNECHIKA……？」

兩人提出疑問後，中津川便冷笑了一下。

「不要問，我不做代表很久了。」

「…………」

士道和琴里四目相交，但是……由於有種再問下去會越來越麻煩的預感，兩人以眼神傳遞訊息，決定改變話題。

「對了，士道。」

「喔喔，什麼事？」

士道走向社團攤位的後方，打開一箱紙箱，將放在裡頭的書拿起來。可能是剛印刷完吧，有些溫熱。

「嗚喔……」

話說，這是士道第一次看見成品。七罪描的線稿上了美麗的色彩，還加上了書名設計，怎麼看都不像只花兩天做出來的書。

士道面向二亞，目不轉睛地凝視她的眼睛，端正姿勢，將同人本遞給她。

「——今天請妳多多指教了。我是社團〈拉塔托斯克〉的五河士道。」

「……！」

士道說完後，二亞抽動了一下眉毛。

然後猶豫了數秒，拿起一本擺放在自己攤位的同人本遞給士道。

「我是社團〈本条堂〉的本条蒼二。今天請多指教。」

兩人微微低頭致意後，交換彼此的同人誌。沒錯，連攤的社團參加者會像這樣交換作品似乎已經成為慣例。

二亞露出不快的表情。

「……我不想在這種場合做出失禮的行為，所以姑且收下。至於我會不會看，就讓今天的結果來決定吧。」

「好，沒關係。讓我們度過愉快的一天吧。」

「…………」

士道伸出手，二亞便嘆了一口氣握住他的手。輕輕上下擺動了幾下，再隨意地放開。

「你們的著眼點確實很有趣，但我想你們的勝算並不高喔。畢竟我好歹是職業漫畫家，就連五千本這個數字也只是因為我太久沒參加活動而控制在這個數字罷了。沒有刊登在場刊的新興社團，而且還是外行人急忙趕出來的作品，根本就無法較量。」

「誰知道呢……世事難料喔。」

琴里露出狂妄的微笑望向後方——精靈們的方向。

「——大家，開始準備嘍。」

於是，十香、四糸乃和美九發出「喔！」的一聲回答琴里。

反觀八舞姊妹、折紙和七罪這四個繪圖組的人員，則是擺出一副不明白琴里她們在說些什麼的樣子歪了歪頭。

「準備……？到底要準備什麼？」

「疑問。夕弦四個人什麼都沒有聽說。」

「……總覺得有股不祥的預感。」

「妳們就別管了啦。總之，大家跟我來。士道，我們馬上就回來，你先跟川越他們一起布置攤位。」

琴里推著不情願的七罪的背如此說道。士道儘管頭上冒出問號，還是表示了解。

「好……那我們也開始布置攤位吧。」

士道目送琴里她們離去後如此說道。於是船員們點了點頭，再從外面搬進來一個大紙箱。然後從紙箱裡拿出桌布、同人本封面放大做成的海報等裝飾用品。

「哇，好棒。你們還做了這種東西啊？」

「呵呵呵，那是當然啊。畢竟我們是沒有名氣的社團，必須布置得顯眼一點，要不然怎麼吸引客人？幸好，這裡是所有社團憧憬的靠牆攤位，不活用牆壁的空間不就太浪費了嗎？」

中津川的眼鏡閃過一道光芒。士道額頭冒出汗水，露出一抹苦笑。

緊接著，士道和幹本一起把海報貼在牆上。看見畫有以自己為原型的角色海報，士道感覺超難為情，但現在不是說這種事情的時候了。他輕輕甩了甩頭，繼續布置攤位。

布置了一陣子後，他看見牆邊攤位的前方聚集了一堆人。

不久後，那些人開始在社團攤位前排隊。尤其是二亞的社團前形成了長長的人龍。

「奇怪……？不是還沒開場嗎？那些人是……」

士道如此自言自語，於是剛才正在擺書的中津川回答：

「喔喔，那些人跟我們一樣都是社團參加者。只要手裡握有社團票，就能比一般參加民眾先入場，然後像這樣早一步到目標社團排隊。」

「咦！還可以這樣喔？」

「唔……我不好評論啦……」

中津川交抱著雙臂含糊地回答。從他的表情可以窺探出「嚴格來講是不好的示範啦，但我以前也幹過這種事情……」這樣的心思。

「咦……可是，這就表示……」

「沒錯。你終於明白了嗎？」

回應士道的是站在隔壁攤位的二亞。

「同人誌的開張是由之前的評價決定的。當然我中間經歷了一段空白期，這次也是緊急參加，沒有刊登在場刊上，但我前不久有在部落格發布公告，所以有不少參加者想在第一時間搶購我的本。」

二亞說完，從眼鏡的鏡框上方仰視士道。

「所以很抱歉，誰會先賣完相同的本數，從一開始勝負就已揭曉了。」

「什麼——怎麼這樣……！」

「——那可不一定喔。」

瞬間打斷士道說的話的是剛才離開現場的琴里的聲音。

「琴里？呃……咦咦！」

士道望向聲音來源，驚愕得瞪大了雙眼。

不過，那也是理所當然的事。因為映入眼簾的是精靈們穿著可愛兔女郎服裝的身影。

「妳……妳們怎麼穿成這樣……」

「嗯！這好像叫作販售人員！」

「昨天……大家一起做出來的服裝……！雖然有點害羞……但我會加油……！」

十香和四糸乃回答士道提出的疑問。原來如此，十香等人當初與繪圖小組分別作業，看來就是在製作這些服裝。

看見突然出現的角色扮演美少女集團，周圍的民眾開始喧鬧了起來。

「那個社團是怎麼回事……全是些可愛的女孩子耶。」

「咦！場刊上沒有刊登那個社團啊？」

「話說，其中一位女生不是誘宵美九嗎？」

而且民眾當中似乎有人認出了偶像誘宵美九的身影，喧鬧聲立刻擴大，到處傳來「喀嚓、喀嚓」的手機快門聲。

照理來說，並不鼓勵這種行為。但美九非但沒有譴責，還對著女生拿著的相機擺姿勢。

看見這幅情景，二亞納悶地歪了歪頭。

「……誘宵美九？」

「呵呵呵，被認出來了呢～～」

美九得意洋洋地挺起胸膛。不過，二亞疑惑地皺起眉頭。

「……抱歉，我完全不認識妳。妳是做什麼的？」

「啊唔！」

二亞的一句話刺痛了美九的心靈，她擺出深受打擊的模樣踉蹌了幾步。

「妳……妳冷靜點，美九。二亞直到最近都被DEM抓去囚禁，所以不認識什麼藝人啦。」

「原……原來是這樣啊……謝謝你安慰人家，達令。」

「好了，振作一點。活動馬上就要開始了。」

美九露出無力的笑容調整姿勢後，琴里便輕輕拍了拍她的背為她加油打氣。

就在這個時候，時鐘的指針正好指向十點，會場響起廣播聲。

『——同人誌即賣會即將開始。』

會場中同時一片掌聲雷動。

那股魄力令士道和精靈們不禁雙眼圓睜，環顧四周。

不過，這還只不過是個開端而已。就在掌聲停止後，這次立刻從遠方傳來「轟隆隆隆隆隆隆……」如地鳴般的聲音以及輕微的震動。

「這……這個聲音是……」

士道聲音顫抖——不過，他馬上就察覺了。

那些聲音是一般參加民眾從外頭蜂擁而入的腳步聲。

「喔……喔喔……！」

「……好厲害，那是什麼？」

人潮如海浪般從入口處一擁而上。那幅情景宛如朝城門開啟的敵陣一舉進攻的士兵一樣。精靈們驚愕得瞪大了雙眼，呆愣了好一會兒。

不過，可不能一直驚訝下去。比一般參加民眾早一步在攤位前排隊的社團參加者們已經接二連三地買完二亞的同人本後離開。

「請給我一本新刊。」

「好，五百圓。」

「我要兩本。」

「總共一千圓。」

二亞和工作人員熟練地接待客人。二亞瞄了一眼士道，揚起嘴角，像是在表達「贏得了我的話就試試看啊」。

「可惡——我們也開始吧！」

「說的也是。那麼大家，照我們練習的上場吧！」

「喔喔！」

琴里一聲號令，精靈們便在攤位的前後方排成一排。可能是她們的服裝太引人注目了，買完想要的同人本的民眾開始三三兩兩地在士道他們的攤位前停下腳步。

「喔喔，歡迎光臨！」

十香向經過攤位看著同人本封面的青年搭話。於是，青年嚇了一跳，肩膀抖了一下。

「呃，那個……」

「一本五百圓喔！要買嗎！」

「……啊，那我來一本好了。」

青年本來在猶豫要不要買，但看見十香如太陽般的笑臉便難以拒絕的樣子。他苦笑著遞出一千圓紙鈔。

「喔喔，謝謝你！找你五百圓！」

十香將同人本和零錢交給青年，笑容滿面地對他用力揮了揮手。青年一臉難為情但又有些開心似的，也朝十香輕輕揮了揮手後離去。

士道看著這幅光景，不禁露出一抹苦笑。

「哈哈……這樣也行喔？」

士道說完後，原本在後方整理紙箱的中津川輕聲笑道：

「當然行啊，畢竟我們比的是誰先賣完嘛。無論畫得再好，也未必能銷出去。人員分散推銷和宣傳能力是非常重要的因素。相信本条老師也十分明白這個道理吧。應該說，如果不做到這種程度，沒有名氣的創作社團根本不可能賣完五千本同人誌。」

「原……原來如此……」

士道臉頰流下一道汗水，點了點頭。說的沒錯，雖說是自費出版的場合，但終歸是市場。

社團〈拉塔托斯克〉利用吸睛的店花招攬人群、利用精靈們的笑容綁架顧客的錢包這種算是有點犯規的方法，順利地累積銷售額。

然而隔壁的〈本条堂〉就算不用這種手段，賣出去的同人本也早已超越〈拉塔托斯克〉的好幾倍。而且隨著時間經過，排在她社團前的人龍越來越長。這樣下去，會一口氣賣光吧。

「唔……這樣下去會輸……！」

販賣的速度相差太懸殊了。士道看著二亞一本接一本賣出去的同人誌，臉色憂愁。

於是，穿著可愛服裝的琴里豎起嘴裡含著的加倍佳糖果棒。

「幹嘛擺出那麼窩囊的表情啊，士道。勝負接下來才開始。」

「咦……？」

聽見琴里說的話，士道歪了歪頭表示疑惑。

然後——他立刻瞪大了雙眼。因為社團〈拉塔托斯克〉的攤位前逐漸有人潮聚集，而且不像剛才只是經過看一看的情況，而是為了購買〈拉塔托斯克〉的同人本而排隊。

「這……這是……！」

士道發出驚愕的聲音後，琴里便得意洋洋地盤起胳膊。

「哼哼，我不是說了嗎？耶俱矢、夕弦！拿著最尾端的牌子去整理隊伍！」

「呵呵，明白。」

「了解。交給我們。」

聽見琴里的指示，八舞姊妹出馬整頓排在社團攤位前的隊伍。

這時，士道赫然抖了一下肩膀。

因為隊伍裡有幾張似曾相識的面孔參雜在其中——沒錯，是〈拉塔托斯克〉的機構人員。

「……這……是安插暗樁嗎？」

士道壓低聲音避免讓二亞聽見，對琴里說了。於是，琴里從鼻間哼了一聲，瞇起眼睛不滿地回答：

「說的這麼難聽。只是『朋友』特地來社團捧場罷了。認識的人來買自費出版的書是極其普通的事吧。我也已經拜託大家聯絡朋友了。」

「也……也是啦，說法不同，或許可以這麼解釋……」

就在這個時候，士道歪了歪頭。因為他發現琴里說的話當中有一點令人十分在意。

「……『拜託大家』？」

士道感覺到一股不祥的預感如此呢喃後，下一瞬間便傳來熟悉的聲音。

「呀吼～～！十香，我們來了！」

「人好多喔！」

「令人想起剛果的濕地戰呢！」

語畢，三名原本在隊伍裡的少女走到攤位前。

看見她們的容貌，士道抽倒了一口氣。因為站在那裡的是士道的同班同學，亞衣、麻衣、美衣三人組。

「喔喔，妳們三人來了啊！」

十香一臉開心地大聲說道。於是，三人「呵呵」地露出微笑。

「當然要來啦。怎麼能拒絕十香的請求呢？」

「嗯、嗯。剛好我對COMICO也有點興趣。」

「……啊！隊長！發現怪咖搭訕男了！」

「什麼！」

三人一看到士道的臉就進入備戰狀態。士道無奈地嘆了一口氣，回應她們：

「……嗨，妳們三個，好久不見……」

「各位小心點！」

「他又打算對女生甜言蜜語了！」

「不提防一點的話，小心他讓妳懷孕喔！」

「…………」

士道的臉頰不停抽動……看來這個月初士道靈力失控時追求三人的事還餘波盪漾。士道本來打算之後解開這個誤會，但沒想到竟然會在這種地方遇到她們。

然而，現在時間就是金錢。琴里也察覺到他的心思了吧，只見她非常機械式地招呼三人：

「一本五百圓。總共三本可以嗎？」

「咦？啊，嗯。麻煩妳。」

「嗚哇，封面畫得很棒嘛。是誰畫的啊？」

「話說，妳們不覺得這個角色長得很像五河同學嗎？」

三人如此說著並購買同人本，向十香揮了揮手後離開。她們雖然容易得意忘形，但似乎還有最起碼的常識。大概是判斷在許多人排隊的場所起爭執也只會給大家帶來麻煩吧。

士道吐出安心的氣息後，繼續販賣同人誌。

於是不久後，這次換三名年齡、身高都不同的女性造訪攤位。

一名是二十歲後半，身材高挑的女性，一名是個頭嬌小的少女，另一名則是疑似混血兒的金髮少女。

三人看見位於攤位的折紙，高聲說道：

「啊，看到了。折紙！妳突然叫我們出來到底有什麼事啊？」

「——隊長。」

折紙回答高個兒女性。此時，士道發出「啊！」的一聲捶了一下手心。因為他想起那名女性是折紙曾經隸屬的陸自對抗精靈部隊——AST的隊長，名字好像叫作日下部燎子。看來折紙和十香同樣也聯絡了朋友來捧場的樣子。另外兩名少女應該也是AST的相關人員。

「折紙！好久不見了！」

「啊！妳該不會剪頭髮了吧？還真是乾脆呢！」

「小惠、米爾德蕾德。」

折紙淡淡地呼喚她們的名字。於是被稱為小惠的少女做出拭淚的動作。

「嗚嗚……自從妳突然辭去AST後，我每天都過著寂寞的日子。請妳回來啦……」

「就是說啊。妳為什麼那麼突然就離開啊？」

「我有我的苦衷。很抱歉，我沒有回AST的打算。」

「這樣啊……真遺憾——好痛！」

就在這個時候，燎子輕輕戳了小惠的頭。

「……我說妳們啊，幹嘛在這種地方口無遮攔地談論AST的事情啊。」

「啊……！對……對不起，不小心就……」

「別擔心。這種地方不會有人知道那種單字。」

折紙用淡淡的語氣說完，小惠便覺得有些奇怪地凝視著她。

「……折紙，妳散發出來的氛圍好像有些不一樣了呢……」

於是，折紙挽住站在身旁的士道的手臂。

「受他的影響。」

「什麼……！」

「呀！咦！你們是那種關係嗎！」

聽見折紙爆炸性的發言，小惠一臉驚愕，而米爾德蕾德則是羞紅了臉頰。不過，燎子卻用雙手按住差點要喧鬧起來的兩人的頭。

「妳們兩個，別吵了。既然我們難得過來一趟，就給妳捧個場。先買個三本吧。」

「謝謝惠顧。」

折紙淡然收下錢，把本子遞給她們。接著，燎子望向十香那些精靈的臉，露出懷疑的表情。

「……折紙，我問妳，妳不覺得那些孩子好像在哪裡看過嗎……」

「妳多心了。」

「是嗎？我記得……」

「妳多心了。」

「呃，可是……」

「謝謝惠顧。」

「………」

折紙以不容分說的態度鞠躬道謝後，燎子便放棄追究並嘆了一口氣，帶著小惠和米爾德蕾德離開。離去時，小惠指著士道說：「我……我才不會輸給你呢！」但士道不知該作何反應。

不過——即使如此，還是有無法解釋的地方。因為排在社團〈拉塔托斯克〉攤位前的隊伍明顯不是幾個椿腳就能撐起來的數量。

於是，可能是察覺到士道的思緒，在後方整理紙箱的中津川發出宏亮的聲音：

「沒什麼好奇怪的。這個攤位的確沒有刊登在場刊上，但反過來思考的話，就是突然出現的『夢幻社團』。只要知道這個攤位的存在，就會有許多充滿好奇心的人想要來一探究竟吧。」

「這……這麼說是還滿有道理的啦，可是要讓他們知道這個攤位不是很困難嗎……」

士道說完後，中津川便推了一下眼鏡。

「士道，你忘記了嗎？我們的攤位可是位於超人氣社團〈本条堂〉的隔壁耶。」

「啊——」

士道瞪大了雙眼。中津川說的沒錯。來買二亞社團本子的人會對位在她隔壁的神祕社團感到好奇，一點兒也不奇怪。

而且——

「——就是這裡嗎？沒有刊登在場刊上的社團。」

「不過，明明是新興社團，為什麼一下子就能搶到靠牆的區域？」

「啊……那位名伯樂ＭＵＮＥＣＨＩＫＡ好像就在這個攤位喔。」
「怎麼可能！就是那位被他看上的社團全都會一步登天爬上一流地位，被他推薦的作家就等同於在商業上獲得大成功的名伯樂嗎！」
「你說什麼！是那位萌角色錦標賽傳說中的第七代冠軍，ＭＵＮＥＣＨＩＫＡ嗎？」
「聽說超銀河大頭目ＭＵＮＥＣＨＩＫＡ復活了！」
「…………」
會場傳來這樣的對話。
士道默默地望向中津川，中津川便露出有些困擾的神情。
「現在的我，只是個微不足道的機構人員啦。」
「這……這樣啊。」
感覺是個不能涉入太深的世界。
無論如何，這下子比賽總算像樣了一點。一般參加民眾買完心目中想買的同人本後，似乎被這長長的人龍吸引，也陸陸續續開始在士道等人的社團攤位前的隊伍最尾端排隊。
琴里見狀，從川越手中接過追加的同人本，並且大聲說道：
「很好……一口氣反敗為勝吧。二亞的社團有三個販售人員，兩人整理隊伍，一人整理庫存和處理雜事，總共六人。而我們加上川越他們，共有十二人。論一次能招呼的人數，我們占非常大的優勢！」

精靈們呼應琴里的聲音，一本接一本販賣同人本。堆積在背後的紙箱一個又一個地減少。

不久後，社團〈拉塔托斯克〉成功地將庫存減少到幾乎和原本差距懸殊的〈本条堂〉相同的數量。

琴里交抱雙臂，望向隔壁的社團。

「哼哼，怎麼樣啊，二亞？我們追上妳嘍。既然一次能結帳的人數有限，那麼似乎對在速度上占優勢的我們比較有利呢。還是妳認為這種方法是旁門左道呢？」

說完，琴里挑釁地揚起嘴角。對方是精靈，士道認為最好不要過度刺激對方……但是考慮到勝負已定後二亞可能會出爾反爾，所以琴里才事先叮嚀她吧。

不過，二亞卻泰然自若地回應琴里的挑釁：

「嗯？我才不會說那種話呢。就算作品畫得再好，賣不出去也是枉然。能做的事都應該盡力去做……不過，我的確沒想到你們會迎頭趕上就是了。」

二亞「啪啪啪」地鼓起掌來。

「可是……妳自信滿滿的態度會不會表現得太早了一點？」

「……妳說什麼？」

聽見二亞說的話，琴里皺起眉頭。

於是十幾分鐘後，會場開始產生變化。

原本排在社團〈拉塔托斯克〉攤位前的隊伍開始慢慢縮短。相對的，〈本条堂〉的隊伍卻依然排到通道的另一端。

「這……這是……怎麼回事？」

「這還用問嗎？不過就是回到正常的狀態罷了。」

琴里感到一陣慌亂，二亞發出聲音如此回答。

「可愛的銷售人員加上大量的樁腳，以及各式各樣的話題性，確實是引人注目的有效手段，但那終究是暫時的，沒有能賣光五千本的能力——雖然我剛才說過就算作品畫得再好，賣不出去也是枉然，但民眾想要的終究還是『有趣的同人本』。我雖然經歷過一段空白期，但在至今為止的好幾年間累積了實際的成績，而你們這群新人卻不知道究竟在畫些什麼。我和你們之間最大的差距就在這裡，這個差距不是一朝一夕就能填補起來的。」

「唔……！」

琴里一臉不甘心地咬緊牙根。

不過，二亞說的確實有道理。士道等人的社團至今都是靠卑劣的手段才好不容易緊追在〈本条堂〉的後頭。

在兩人忙著示威的期間，排在社團〈拉塔托斯克〉攤位前的所有民眾就快要買完同人本，空無一人。然而庫存還剩下四箱，概略計算還有兩千多本。

「士……士道，快要沒客人上門了。」

「……到……到底該怎麼辦啊？」

擔任販售人員的十香和七罪等人一臉不安地說了。士道絞盡腦汁思考。

「沒有……沒有什麼辦法嗎……！這樣下去的話……！」

然而，完全想不到任何有效的手段。

在這段期間，〈本条堂〉也不斷順利地將同人本賣給持續有人排隊的隊伍。不久後，剩下的四個箱子當中有一箱賣完了。

「唔……到底該怎麼辦——！」

照這樣下去，二亞會早一步把書賣完。也就是說——士道他們將會失去封印二亞的機會。

但是，再怎麼焦急也想不出什麼妙計。士道只是凝視著經過的民眾，頹喪地撐著桌子。

——然而，下一瞬間……

有一隻軟柔的手輕輕撫上意志消沉的士道的手。

「咦……？」

士道抬頭一看，發現那隻手的主人——美九正對他露出微笑。

「呵呵呵，不要放棄，這樣不像你的作風喔。勝負還沒揭曉，反而接下來才是關鍵時刻。」

「美九……？」

聽見美九說的話，士道的頭上冒出問號。因為她說話的口吻和表情怎麼看都只像是不負責任地在鼓勵士道罷了。

美九微微點了點頭後望向二亞。

「來吧，二亞，一決勝負吧。」

然後如此說道，豎起手指指向二亞。

二亞見狀，露出疑惑的表情。

「……？我是不知道妳打算做什麼啦，但要從現在開始扭轉頹勢，恐怕不簡單吧？」

「呵呵呵，那可不一定喔。我說二亞，妳似乎被DEM囚禁了很久一段時間，妳知道SNS是什麼嗎？」

「知道啊，是社群網路對吧？好歹我也擁有無所不知的天使啊。」

「……但是妳不認識我對吧？連調查我的興趣都沒有嗎？這樣啊～～」

「……那個，對不起喔。」

美九語帶抱怨地回答二亞後搖了搖頭，重新打起精神。

「總之！現在全國有超過半數的國民都在使用SNS。而且，看現在這個會場裡的民眾的年齡層，使用的比例應該更高吧。」

「……！美九，難不成妳──」

琴里像是察覺到什麼事情似的大喊，接著從口袋裡拿出智慧型手機操作螢幕。

數秒後，琴里驚訝得倒抽一口氣。

「喂……喂，琴里，怎麼了嗎？」

「你看這個。」

士道詢問後，琴里便將智慧型手機的螢幕朝向士道。站在附近的十香、四糸乃和折紙也一起探頭看螢幕。

顯示在螢幕上的是某個ＳＮＳ的頁面，但是……上頭卻出現美九使用的圖示，並且記載著這樣的文字：

「Miku Izayoi：人家到COMICO朋友的社團攤位來幫忙！目前正在東A－20．5社團〈拉塔托斯克〉舉辦遞書會！也可以拍照喲！」

「什麼……！美……美九！」

士道驚愕地瞪大雙眼。於是，美九莞爾一笑，用食指戳了戳士道的胸口。

「達令跟其他人拚命在努力，只有人家沒有竭盡全力，這樣人家無法接受。人家也跟七罪一樣，想要助大家──一臂之力。」

「美九……！」

美九垂下視線一會兒後猛然抬起頭，重新面對二亞。

「用正當的方法，我們也許真的贏不了妳。那麼我們就一而再再而三地使用旁門左道來粉碎妳的道理！」

她挑釁地用手指向二亞，繼續說道：

「二亞，人家就讓妳見識見識妳未曾知曉的女人力量。還有，我會讓妳牢牢記住人家——誘宵美九的名字！」

接著，美九像是在表演歌劇一般張開雙手。

照理說應該不可能配合她的動作，但是——下一瞬間，就像開場的時候一樣，從大廳的入口處傳來無數的腳步聲。

「——It's show time!」

美九舉起手彈了一個響指。

於是，走進大廳的集團便一齊衝到社團〈拉塔托斯克〉的攤位前。

「哇！真的是美九九耶！」

「真的假的，是本人嗎？為什麼會在這種地方……！」

「請……請問，我聽說這裡要辦遞書會，是真的嗎……？」

一名少年畏畏縮縮地問了。美九看見男性的身影，瞬間屏住了氣息，但還是馬上露出微笑。

「是啊，是真的喲～～各位，謝謝你們一直以來的支持。」

「嗚喔喔喔喔喔喔喔喔喔喔喔喔喔喔喔喔喔喔喔喔喔喔──────！」

聽見美九說的話，聚集的民眾發出類似咆哮的吼聲。人潮絡繹不絕地朝社團〈拉塔托斯克〉的攤位湧來。

「……！耶俱矢、夕弦！麻煩妳們整理隊伍！川越你們三個補充本子，引導付完錢的民眾離開！」

一時目瞪口呆的琴里立刻恢復司令的表情，迅速下達指示。

「士道、十香、折紙、四糸乃，你們和我一樣繼續負責收錢！七罪一邊賣書，要是美九招呼民眾累了，就讓她抱一下恢復體力！」

「不覺得只有我被分配的職務特別奇怪嗎！」

雖然有一部分的人發出牢騷，但精靈們還是各司其職。

二亞見狀，微微皺起眉頭。

「哦……很有一套嘛。原來那孩子真的是名人啊。」

「……是啊，很厲害吧。她是我們引以為傲的偶像。」

「妳可別事到如今才想罵我們卑鄙喔。」

士道和琴里回望二亞如此說完，二亞便聳了聳肩，點頭回答：

「當然不會——不過，你們接下來趕得上我嗎？」
二亞露出銳利的視線，揚起嘴角。士道用力點了點頭。
「……當然！我們會追上妳的。為了支持我的各位！還有，二亞！也為了妳……！」
於是，二亞賣著同人本，並且不屑地笑道：
「那還真是多謝你了。不過，就算你說這種話，我也不會妥協！」
「沒問題！只要贏了就好！」
「啊哈哈哈！沒錯，你說的對！如果你真的贏得了我的話——」
就在這個時候——
原本愉悅地笑著的二亞突然止住了聲音。
士道的頭上一瞬間冒出問號，但是——他馬上就知道了原因。
因為有個戴著厚鏡片眼鏡的女性來到二亞的社團攤位。
「高……高城……老師。」
二亞目瞪口呆地發出聲音。
沒錯。那是昨天士道和琴里打探二亞情報的對象——漫畫家高城弘貴。
「啊哈哈，好久不見了呢，本条老師。我聽說老師妳睽違多年要來同人展擺攤，就過來給妳捧場了。」

「啊，呃……那真是……謝謝妳……」

說到一半，二亞表情尷尬，開始語無倫次。

「突然過來找妳，真是不好意思。如果惹妳不高興，小生我很抱歉。可是，我可以問妳一件事嗎？」

高城透過眼鏡鏡片凝視二亞的臉龐。二亞不自在地移開視線。

「……小生，是不是在不知不覺間得罪了妳？如果是，我想跟妳道歉。」

高城說完低下頭。接著，二亞慌張地游移雙眼。

「妳……妳怎麼可能……得罪我嘛！」

然後，扯開喉嚨發出高八度的聲音。

那聽起來──和二亞擅長的輕浮語氣有些不一樣。

「是這樣嗎？」

高城一雙眼睛瞪得老大。不過，二亞口齒不清地含糊其辭。

接著陷入一陣沉默。不久，高城可能是判斷不能繼續堵在這裡，便輕輕嘆了一口氣，然後買了一本同人誌，再次對二亞鞠躬。

「就算妳討厭我……小生還是很期待看到妳的書。」

「啊……」

二亞打算說些什麼，但最後似乎還是說不出口，只是低垂著頭。

「…………」

士道看見這個情況，逐漸確定了昨天聽高城說話時感到不對勁的地方在哪裡。

「二亞。」

「……！喔喔，少年，讓你見笑了。那麼勝負——」

「妳……喜歡那個人吧。」

「什麼！」

聽見士道說的話，二亞瞪大了雙眼。

「你……你在說什麼啊，少年？我可沒那種興趣。」

「不，我不是那個意思。我是指妳喜歡她這個人……應該說是喜歡她這個『朋友』吧。」

沒錯。那就是昨天士道內心感受到的感覺。

二亞因為〈囁告篇帙〉的力量，對人類感到失望應該是事實沒錯。所以，二亞才會愛上不會背叛自己的二次元世界，從中尋求慰藉，最後甚至成為漫畫家。

然而，二亞有一點與對人類絕望的精靈有所不同。

那就是她不僅在人類社會飛黃騰達，還學會最起碼的通溝能力。

這肯定就是士道感到不對勁的真正原因。

琴里猜測二亞可能是利用〈囁告篇帙〉調查了與她交情好的高城，知道了她的本性，因此才疏遠了她。

但是，士道認為二亞如果知道一個人的本性，對他感到失望，反而能冷淡地繼續表面圓滑的人際關係。

想到這裡，士道的腦海裡浮現一種可能性。

「二亞，妳……該不會是在害怕吧？」

「啥？害……害怕什麼──」

「妳害怕要是繼續跟她交好，總有一天會敗給好奇心，想使用〈囁告篇帙〉──妳不想對好不容易結交到的好朋友失望，才疏遠她吧？」

士道詢問後，二亞一瞬間說不出話，接著撇過臉，一邊賣同人本一邊回答：

「啥！我完全聽不懂少年你在說什麼！──啊，五百圓。」

「那妳剛才的反應是怎樣！妳對討厭的人反而能正常地應對吧！──謝謝惠顧！」

二亞與士道盯著彼此的臉，一邊招呼一般參加民眾……結果形成了奇特的爭吵畫面。

「你很吵耶！專心賣你的本子吧！──啊，隊伍最尾端在那邊！」

「很抱歉，沒辦法！我之所以想獲勝，是因為想要幫助妳！那麼對這個問題置之不理，不就沒有意義了嗎！──來，請到那邊領取！」

聽見士道說的話，二亞不耐煩地發出「唔唔唔唔唔……！」的低吟聲。

然後手依然不停歇地繼續收錢、遞書，發出焦躁的叫聲。

「對啦，我就是害怕不行喔！我也想要朋友啊！可是又有什麼辦法！能用超高性能監視攝影機一直窺視對方一輩子的傢伙，根本交不到朋友嘛！——收您一千圓！」

二亞苦著一張臉說道。

聽見這句話，士道感覺自己似乎理解了二亞的孤獨。

二亞不僅對自己可能會敗給好奇心而調查對方一事感到不安……也對能隨便窺視對方的自己感到內疚。

這是擁有等同於天神的神力而產生的苦惱，沒有對等之人存在的孤獨。這種心情，恐怕只有擁有精靈力量的人才能理解吧。

不過——士道滿不在乎地大聲說道：

「那種事情，要嘗試過後才能知道吧！」

「啥！說得還真好聽！少年，那我問你。你有辦法真心地跟一個二十四小時，甚至連你上廁所和洗澡都能隨意偷看的人，隨便把你不想讓人知道的過去挖出來的人交朋友嗎！」

二亞發出悲痛的吼叫聲。

然而，士道卻一瞬間露出目瞪口呆的表情，哈哈大笑。

「哈哈……哈哈哈哈哈哈哈哈哈哈哈哈哈哈哈！」

「有……有什麼好笑的！」

二亞一臉困惑地回答。於是，士道吐了一口長氣，粗魯地撥了撥頭髮。

「——很抱歉，我早就習慣面對『那種人』了！啊……我現在終於明白，妳和我簡直太合得來了！隱私？那是什麼，可以吃嗎？會擔心這種事情的妳，在我眼裡看起來反而像是天使！」

「什……什麼？」

二亞表現出一副不知道士道在說什麼鬼話的樣子皺起眉頭。

士道不理會她，大喊：

「想偷看就儘管看吧！想挖什麼祕密就去挖吧！即使如此，我還是不會討厭妳！」

「…………！」

聽見士道的吶喊，二亞屏住了呼吸。

不過，她隨後又氣憤地咬牙切齒，如此回答：

「什麼啊啊啊啊啊啊！你幹嘛隨便這樣說啊！要是我把你的底細摸得一清二楚，我應該會討厭你吧！」

在兩人你來我往談話的期間，時間也一分一秒地急速流逝。社團〈拉塔托斯克〉和〈本条堂〉的排列隊伍不曾間斷，同人誌一本又一本賣出去。

論庫存的數量，〈本条堂〉領先五百本左右，但論結帳的速度，人數較多的〈拉塔托斯克〉則占上風。

有的人賣書，有的人整理隊伍，有的人則是讓遞書遞累的偶像暫時抱一下、大叫，然後淚眼婆娑。

在狂熱之中，所有人完成各自的使命。

然後——

「——謝謝惠顧！」

士道和二亞賣完最後一本的聲音同時響徹整個會場。

「……！」

「……！」

士道氣喘吁吁地望向二亞。於是，二亞也同樣將視線移到士道身上。

明明是寒冬，雙方的臉頰卻都紅通通的，額頭也冒出斗大的汗珠。二亞的眼鏡還蒙上了一層霧氣。

兩人調整完呼吸，〈拉塔托斯克〉和〈本条堂〉同時響起聲音。

「〈拉塔托斯克〉銷售一空！」

「〈本条堂〉銷售一空！」

沒錯。

相鄰的兩個社團攤位在同一時間賣完各自的同人作品。

如此宣言的同時，還在排隊的參加者發出遺憾的聲音離開現場，沒有一個人抗議或埋怨。想必是明白既然買不到，繼續待在這裡也無可奈何，還不如去尋找其他同人本比較有意義吧。

士道和二亞凝視著他們的背影，同時吐了一大口氣，一屁股坐在鐵管椅子上，鐵管椅因此發出清脆的聲音。

「……好了，看來似乎是平手呢。」

琴里表情有些嚴肅，望向二亞。

「…………」

二亞靠在椅背上仰望上方，數秒後，她拿下眼鏡，用衣服的袖子擦拭汗水。

接著惡狠狠地瞪了士道，摸索桌子下方的空間，拿起剛才和士道交換的同人誌。

「……好吧，看在你們賣完的份上——我就看吧。」

「……！」

聽見二亞說的話，〈拉塔托斯克〉的士道等人彼此對看，發出歡呼聲。

◇

賣完同人誌約一小時後。

士道等人收拾完社團攤位，讓精靈們換完衣服，便來到位於天宮廣場後方的公園一角。

既然要談論有關精靈的話題，還是不要在不知情的〈本条堂〉工作人員面前談論比較好，因此他們盡早收攤，離開活動會場。

順帶一提，二亞除了僱用銷售人員之外，似乎還支付高額的費用聘請五名人員幫她買想要的同人誌。難怪呢，士道還心想喜歡漫畫的二亞不去買同人誌未免太奇怪，原來早已安排妥當。

二亞說她其實想自己去買，但不能把自己的攤位交給其他人看管，只好採取這樣的形式。

「——好了，那我就來看看吧。」

二亞如此說完，一隻手拿著士道他們畫的同人誌坐在公園的長椅上。

比賽姑且不分勝負，雖然達成了讓二亞閱讀同人誌的目標，但真正困難的還在後頭。只要二亞不喜歡這本同人誌裡的主角士道，就無法封印她的靈力。

「…………」

士道和精靈們自然而然緊盯著坐在長椅上的二亞。二亞皺起眉頭，抬頭望向大家的臉。

「……你們一直盯著我看，我沒有辦法自在地看耶。」

「喔……喔喔……抱歉。」

士道搔了搔臉頰，故意挪開視線。精靈們也依樣畫葫蘆地撇過頭。

「也不是這個意思啦……」

二亞唉聲嘆了一口氣後，露出銳利的視線。

「話說，我再次聲明喔，我答應的只是看這本同人誌而已喔。之後的事情另當別論！你們可別對我有什麼不該有的期待。」

「……嗯，我知道。」

士道透露出緊張的神色如此說完，二亞便微微聳了聳肩，揮揮手驅趕他們。

「那麼，你們先到別的地方去吧。看漫畫的時候啊，必須不被任何人打擾，自由自在，該怎麼說呢，得有種被救贖的感覺才行。」

「喔……喔……？」

後半段有點聽不太懂，總之就是放她一個人獨處就是了吧。士道帶著精靈們移動到離二亞不遠的地方。

「唉……真是的。」

等到二亞一個人坐在長椅上後，她輕聲嘆了一口氣。

「……臭少年，竟然不加思索地隨便亂說。」

她想起剛才在會場上發生的事，心浮氣躁地皺起臉孔。

不過——她非常清楚自己為什麼會感到焦躁不耐。

因為二亞的心事……全被他說中了。

「……看你們話說得那麼滿，要是不好看，我可饒不了你們。」

二亞眨了幾次眼睛，重新打起精神後推了推眼鏡，將視線落在手上的同人誌。

書封畫著一個疑似以士道為原型的角色。在幾小時前第一次看到封面時，二亞也有同樣的感想，線條雖然稍嫌粗糙，但明顯超越了外行人的程度。他們是僱用了職業漫畫家嗎？

「唔嗯。不過……重點還是在於內容。」

二亞如此呢喃後，翻開封面，閱讀漫畫。

畫功嘛……就同人誌而言算是及格了。雖然每頁的線條參差不齊，但勉強達到不影響閱讀的水準。

故事是從少年五河士道遇見一名精靈開始。

擁有強大力量卻不斷遭到人類否定的少女與少年的交流。

之後，少年遇到了各式各樣的精靈，用他耿直的意志一個個打開精靈們的心房……

「……原來是這樣啊。」

幾分鐘後。

看完同人誌的二亞發出低吟聲，搔了搔臉頰。

從結論來說——士道等人創作的同人誌遠遠超乎二亞的想像。

至少就算說這是一群外行人只花兩天畫出來的作品，想必也不會有人相信吧。

不過……反過來說，就僅止於此。

這本同人誌確實畫得很棒，但二亞會不會愛上主角五河士道又是另一回事了。

首先，頁數太少。基於時間上的限制或許無可厚非，但光是要在頁數內敘述一個完整的故事就已經夠吃力了，因此沒有將關鍵的主角魅力描繪完全。

而且最重要的是——這個主角五河士道的個性太不現實了。

為了讓二亞心動，這麼畫或許也是理所當然，但未免把士道過於英雄化了。這樣的話，假如二亞迷戀上這個角色，也只會對現實中的士道產生落差而感到失望吧。

「真是遺憾啊……少年。你看來是非常努力沒錯，但這樣是無法讓我動心的。」

二亞嘆了一口氣同時吐出這句話後，闔上同人誌。

不過，二亞還對一件事感到好奇。她東張西望確認沒有看到人影後，便舉起左手，顯現出〈囁告篇帙〉。

然後在心中描繪那本同人誌的封面——為了知道士道等人繪製這本同人誌時的光景。

沒錯。雖然內容不合二亞的心意，但身為漫畫家，她對他們是如何在短短的時間內完成如此高品質的作品有著濃厚的興趣。

〈囁告篇帙〉的頁面發出閃耀光芒，逐漸顯示出文字。二亞確認文字後，溫柔地觸碰紙面。

瞬間——二亞的腦海裡流進這本同人誌製作過程的情報。

「……原來如此。大家一起決定故事後，再由叫七罪的孩子擔任主要繪圖工作，大家分工合作啊……不過，沒什麼參考價值呢。有那麼多電腦繪圖的助手，太不切實際了。不愧是〈拉塔托斯克〉，太亂來了……」

就在這個時候——

原本正在享受〈囁告篇帙〉流進腦海裡的情報的二亞突然抽動了一下眉毛。

〈真希望快點讓那個叫二亞的死腦筋……體會到……

——有朋友真好……〉

聽見七罪的聲音後——

「……哼。」

二亞一臉不悅地皺起臉孔。

「是、是……感謝妳的高見。但是很抱歉，你們畫的漫畫無法——」

不過，二亞此時不禁瞪大了雙眼。

「咦……？」

理由很單純。因為二亞觸碰的〈囁告篇帙〉頁面上顯示出新的文字。

與此同時，二亞的腦海中流進了新的光景。

那是七罪還保有靈力的時候。原本不相信人類的七罪被士道以及大家的溫柔所感動，逐漸敞開心扉的過程。

「這是……」

二亞呆愣地發出聲音。

不過，二亞隱約明白為什麼會發生這樣的現象。

〈囁告篇帙〉是無所不知的天使，但只限於提供二亞想知道的情報。

恐怕——二亞在內心的某個地方萌生出這樣的想法吧。

那就是七罪究竟遭遇過何種事態才會讓她說出那種難以入耳的話呢？

不僅如此，〈囁告篇帙〉的頁面不斷浮現出文字，二亞的腦海裡也接二連三流進令人眼花繚亂的情報。

折紙、美九、耶俱矢、夕弦、琴里、四糸乃，以及——十香。

少女們原本頑固地緊閉心房，卻因接觸到士道這道溫暖的陽光而逐漸改變的情景。

啊……那是——和剛才二亞閱讀的同人誌內容分毫不差的光景。

「啊……啊……」

沒錯。本子裡的內容完全沒有加油添醋。

五河士道這名少年真的奮不顧身、竭盡全力地拯救少女們。

和精靈們接觸的過程中產生的問題不只一兩件。她們內心懷抱的黑暗、陰暗的過去，以及——殘酷的本性。

然而，不管遭遇到哪一樣困難，士道都未曾放棄。即使灰心喪氣，也立刻就振作起來。

現在她總算了解。

剛才他對二亞說的話並無半點虛假。

他對她們而言，無庸置疑——就是英雄。

——滴答、滴答。

〈囁告篇帙〉的頁面上落下水滴，滲出淡淡的光芒。

「…………！」

二亞是在自己的手離開〈囁告篇帙〉後才發現那是自己的眼淚。

「…………」

士道留下二亞一個人後，在公園西側的長椅上等待。他一副靜不下心來的模樣抖著腳。

「士道，你這樣很沒規距耶。」

「喔……喔喔，抱歉。」

受到琴里的指摘，士道停止抖腳。但是仔細一看，琴里也心神不定地晃動著嘴裡含著的加倍佳糖果棒。

不過，這也無可厚非。

畢竟二亞的判斷將決定能否封印她的靈力——甚至是能否安置在〈拉塔托斯克〉的羽翼下保護，免於DEM的迫害。

「！士道！」

就在這個時候，十香突然大聲呼喚。

士道聽見她的聲音，反射性地抬起頭，便看見二亞從剛才士道等人聚集的方向慢步走來。

「……！二亞——」

「呵呵……來了嗎？」

「緊張。結果如何呢？」

士道和精靈們嚥了一口口水。
不過，當二亞走到士道眼前時，士道不禁皺起眉頭。
因為二亞眼鏡後方的雙眼呈現充血的狀態，紅通通的。
「二亞……？妳怎麼了？」
「……不，沒什麼……」
二亞語氣輕鬆地回答後，吐了一口氣。
聽她這麼一說，士道也不好再深入追究。
而且──有件事情他更在意。
「所以……二亞，我們的本子怎麼樣？」
「…………」
聽見士道說的話，二亞默默地瞥了一眼她手上的同人誌。
然後聳了聳肩說：「這個嘛……」
「是畫得很棒沒錯，但用這一本就想打動我的心，你們未免想得太簡單了吧。很抱歉，我沒打算成為這麼好打發的女人。」
「唔……唔……」
「怎……怎麼這樣……」

士道緊咬牙根，緊握拳頭，無力感貫穿整個身體。精靈們也露出悲愴的表情，垂頭喪氣。

然而——

「……不過嘛……」

二亞撇開視線，繼續說道：

「也不是毫無優點……該怎麼說呢？我可以再給你一次機會。」

「咦……？」

士道目瞪口呆地回答後，二亞便一臉難為情地染紅了臉頰。

「……我是說，我可以再跟你約會一次。少年你若是男人，就在那時試著打動我的心吧。」

「…………！」

士道感覺自己全身起了雞皮疙瘩，差點頹喪的身體充滿力量，想大叫出聲的感覺在五臟六腑亂竄。

「士道！」

十香她們似乎也是同樣的心情，宛如祝福射進球門的前鋒般衝向士道。

「呀！達令，真有你的！」

「太棒了……！」

「當然。是士道的魅力所帶來的結果。」

「哈哈哈……妳們別這樣啦……我說美九和折紙，可以真的請妳們住手嗎？那個，喂？妳們好像想趁亂脫掉我的衣服耶！」

「咦咦？我們才沒有這樣做呢。對吧？」

「沒錯。就算結果是那樣，也不過是一場不幸的意外，不是任何人的錯。」

「呀！呀啊啊啊！」

「喂、喂，妳們兩個，在對士道做什麼！」

十香驚慌失措地動手阻止美九和折紙，其他精靈也因此參戰，鬧得人仰馬翻。士道被精靈們包圍，推擠得一塌糊塗。

「……噗，哈哈……啊哈哈哈哈！」

或許是看見了這幅情景，二亞忍俊不禁地哈哈大笑。

「該怎麼說呢……嗯，你們感情真好。吶，少年，如果是你，搞不好……」

就在此時——

二亞話說到一半的瞬間。

那個「異常」發生了。

二亞突然屏住了呼吸，隨後身體不停顫抖，按著頭當場跪坐在地。

「咦……？啊，啊，啊，啊啊啊啊啊啊啊，啊啊啊啊啊啊啊啊啊……！」

然後臉痛苦地皺在一起，開始發出撕裂喉嚨般的吼叫聲。

「二……二亞……！」

到底發生了什麼事？士道想衝到突然感到痛苦的二亞身邊。

然而就在這個時候，二亞的身體溢出漆黑的靈力，開始侵蝕地面。可能是慢半拍才從這濃密的靈力感受空間震的預兆，周圍響起警報聲。

「什……這是怎麼回事……？」

「二亞！妳怎麼了啊！」

士道等人發出慌亂的聲音，琴里突然按住右耳開始說話。看來──是司令室對她戴在耳朵的耳麥進行通訊。

「……你說什麼！這是怎麼回事啊？」

「琴里！二亞到底怎麼了……！」

士道詢問後，琴里的表情染上戰慄之色──

「……靈力值達成E範疇──二亞正在試圖反轉……！」

然後回答出這句令人絕望至極的話語。

第五章　你的就是我的

奔馳在天宮市內的汽車後座。

DEM Industry執行董事艾薩克．威斯考特盯著手上拿的小型終端機螢幕，愉悅地揚起嘴角。

「事態發展得真不錯。諾克斯飛行員他們真是立了大功。要是我們導演這場戲，怎麼樣都會露出『馬腳』。」

「——您是指『材料A』嗎？」

坐在隔壁座位的艾蓮偷看了終端機一眼，並且如此說道。威斯考特大大地點頭回答：

「是啊。不過，現在或許用她的識別名〈修女〉來稱呼比較適當。」

「…………」

艾蓮一語不發，沉思了一會兒後繼續說道：

「……那真是萬幸。不過，釋放抓到的精靈，風險還是太高了吧？」

說完，她有些不悅地皺起眉頭。

〈修女〉原本是艾蓮在五年前親手抓到的獵物，也是DEM Industry保有的唯一一名精靈。她會對這次的作戰產生反感也無可厚非。

不過，威斯考特卻覺得她那像孩子鬧彆扭的表情莫名好笑，不禁微微彎起嘴角。

「笑什麼？」

「沒什麼，妳說的沒錯。我們也有可能白白失去DEM最大的資產。不過，我們當時也的確束手無策了吧？」

威斯考特如此說完，艾蓮便發出低吟。

「是這樣……沒錯，可是……」

「這五年來，我們無所不用其極，持續不斷對〈修女〉施以肉體、精神上的痛苦。然而她還是沒有到達完全的反轉狀態。」

威斯考特瞥了艾蓮一眼，繼續說道：

「不過，三個月前降臨在我們面前的〈公主(Princess)〉反轉體實在是太美妙了。我們明明沒有對她本身施以任何危害。」

威斯考特垂下視線，再三回味當初看到的反轉姿態，語帶陶醉地說道。

沒錯。難以忘懷的今年九月。威斯考特和艾蓮成功使精靈〈公主〉反轉。

而反轉成功的原因——正是能封印精靈靈力的少年，五河士道。

與DEM敵對的祕密組織〈拉塔托斯克〉發掘出他的能力，他接二連三讓精靈敞開心扉，封印她們的靈力。不過，在封印過程中與精靈們產生的信賴關係才是導致〈公主〉反轉的主因。

「所以，我才決定先從自己的手中放走〈修女〉，放走我可愛又珍貴的精靈——在她腦內埋入超小型顯現裝置，並且讓她忘記這五年來自己所遭遇的所有事情。」

這才是威斯考特下達命令，對〈修女〉實施的特殊「處置」。她勢必完全不記得自己曾活生生地遭人開腸剖肚、頭蓋骨上曾被人開了一個洞，以及手腳曾被一公釐一公釐地削掉吧。

實施這個處置的理由分成兩大種。

一種很單純。就是歷經長時間的實驗與極刑，她的精神幾乎處於崩潰狀態。倘若不執行記憶處理，她甚至難以保持自我。

而另一種則是——

「……哦？」

威斯考特看見手上終端機顯示的數值變得凌亂，抽動了一下眉毛。

「怎麼了嗎？」

「〈修女〉的精神狀態似乎很混亂——看來五河士道不負我的期待，順利打動了她的心。」

威斯考特揚起嘴角。

「五年前我們抓到〈修女〉的時候，她已經對人類失望透頂。很悲哀的，是她的那份能力所造成的。

——但現在可就不同了。她遇見了五河士道，和其他精靈一樣體會到人類的溫暖，原本感到厭煩的世界卻出現了一線曙光。這不是很美好的一件事嗎？」

威斯考特與艾蓮四目相交，加深他臉上陰森的笑意。

「那麼……」

「沒錯，執行吧。妳先去準備——我一打暗號，妳就啟動安裝在〈修女〉腦內的顯現裝置。如此一來，她便會在一瞬間『清楚地回想起她遺忘的五年記憶』。」

威斯考特看著終端機顯示的數值，瞇起眼睛。

沒錯。她獲得了希望，體會到人類還是值得信任。

卻渾然不知那正是——絕望的醍醐味。

「道理非常簡單。比起只是弄掉玻璃珠，從高處弄掉比較容易摔碎。」

威斯考特如此說完，望向上方繼續說了：

「——好了，去吧，艾蓮。為了我們的夙願。」

「是。你說的沒錯……艾克。」

艾蓮輕聲回答。威斯考特滿足地點了點頭後，緊接著將視線移到前方——坐在車子副駕駛座的人影。

「也要拜託妳協助艾蓮了。」

「…………」

少女一語不發地點點頭回應威斯考特。

◇

「啊，啊啊啊啊，啊啊啊啊啊啊啊啊啊啊啊啊啊啊啊啊啊啊啊啊啊啊啊啊——！」

宛如汙泥的靈力團塊隨著二亞充滿痛苦的吶喊聲從她的身體滿溢而出。接觸到靈力的地面，如同碰到水的鹽山逐漸溶解。

不僅如此。發出吼叫聲的二亞額頭、手腳及身體每一寸肌膚都產生傷口，流出大量鮮血。

完全看不見是什麼東西在傷害二亞。不過，「二亞的身體彷彿突然憶起傷口的存在似的」，有好幾道傷口宛如皮膚綻放出花朵般裂開。那幅情景令人聯想到虔誠信徒的身體產生的聖痕。

於是——不久後，那些鮮血和靈力覆蓋住二亞的全身，使她的姿態發生變化。

是士道以前曾見過的修女輪廓。不過，她的模樣卻與士道記憶中的截然不同，呈現出不祥的樣貌。

「二……亞……」

士道看著這幅情景，目瞪口呆地發出聲音。

因為士道，不對——是在場的每一個人，都曾經見過這樣的光景。

靈魂結晶的反轉。精靈陷入絕望深淵時引發的存在轉換現象。

不過……士道百思不解。

十香和折紙過去也曾和二亞一樣反轉過——十香是因為親眼目睹士道在她的面前差點被殺害；而折紙則是得知自己親手殺死了父母。

然而，找不出任何可能的原因引發二亞產生反轉。

真的沒有任何預兆。

反而是在二亞打算走近這裡的瞬間——

絕望降臨。

「……到……到底發生什麼事了？怎麼突然……」

「二亞……！為什麼……」

七罪和四糸乃因為感受到二亞發出的強烈靈力而皺起臉孔，發出聲音。

於是下一瞬間，二亞的身體顫了一下，宛如吊著絲線的傀儡動作僵硬地抬起頭。

「啊……啊啊啊啊啊啊啊啊啊啊。」

因劇烈疼痛而扭曲的痛苦表情。用自己的鮮血染成通紅的模樣宛如流著血淚的聖母像。

二亞發出沙啞不成聲的聲音。

「——〈神……蝕……篇……帙〉（Beelzebub）——」

呼應二亞的呼喚聲，一本巨大的書籍出現在她的面前。

光是直視就感受到身體被重物壓制般的強大壓力。那無庸置疑是和過去曾見過的〈暴虐公〉（Nahema）及〈救世魔王〉（Satan）同一種類的「魔王」。

〈神蝕篇帙〉靜止在空中，自動攤開，以驚人的速度開始翻動頁面。然後頁面從書本的中線處一張張散開，猶如下起暴風雪般飄散四周。

「這……這是……」

「士道，小心點。那是魔王的一部分，不是單純的碎紙花。」

折紙語氣平淡但話語之中充滿了警戒心。彷彿回應折紙的話，散落在二亞周圍形成魔法陣的〈神蝕篇帙〉的頁面釋放出黑暗的光芒。

「什麼……！」

同時，士道驚愕地瞪大雙眼。

因為有好幾隻形體漆黑的異形怪物從〈神蝕篇帙〉的頁面中爬出。

「————————！」

異形發出分不清是咆哮還是慘叫的聲音，同時往地上一蹬，朝士道一行人攻擊而來。

「嗚哇……！」

由於事發突然，士道不由自主地僵住了身體。不過——在異形的手快要觸碰到士道之前，異形的身體便被一道光芒給吞噬，一半的身體消融在空氣中。

士道立刻就察覺到發生了什麼事。因為站在他後方的折紙顯現出限定靈裝，以天使〈滅絕天使(Metatron)〉攻擊異形。

不對，不只折紙。現場除了琴里以外的所有精靈都穿上了限定靈裝，顯現出天使，面對產生黑暗的二亞與從黑暗中誕生的異形。

「大家……！」

「雖然不明白為什麼會發生這種事……但我知道不能置之不理。」

「周圍這些礙事的傢伙就交給我們！達令你就負責拯救二亞！」

十香和美九大聲吶喊，採取備戰姿勢。於是更多頁面從〈神蝕篇帙〉飛舞而出，從中出現無數隻異形對抗兩人。

「唔……」

士道看見二亞逐漸擴充的兵力，皺起臉孔，稍微壓低了身體。

能封印精靈力量的人只有士道。既然如此，士道也只能直接逼近二亞——他本身也贊同這個方法。

但是，士道卻對一件事感到不安。

「……假如我親吻了二亞，能使她恢復正常的狀態嗎……？」

沒錯。士道一開始面對反轉精靈十香時，是靠親吻成功將她的意識拉回正常的狀態。而第二個反轉精靈折紙則是靠士道從外面呼喚她以及「另一個折紙」從內部發出的聲音，才使她清醒過來。

但是比起十香和折紙，二亞與士道的感情還不夠深厚，而且現在仍不清楚造成她反轉的原因是什麼。他不知道在這樣的情況下，用以往的方法是否真的能使二亞恢復原本的狀態。

或許是感受到士道的憂慮，琴里從鼻間哼了一聲。

「我怎麼知道啊？不過，既然沒有其他方法，就只能孤注一擲了吧。只能相信我們先前所做的努力，相信你的聲音能傳到二亞的心裡。」

「……嗯，說的也是。」

士道稍微放鬆因緊張而僵硬的臉頰，露出銳利的視線凝視著二亞的身影。

她的模樣異常、不祥——但內心深處似乎在發出悲痛的吶喊。

「我要拯救二亞。大家……請幫助我！」

「好！」

精靈們發出聲音回應士道的呼喚。

然而，就在那一瞬間——

「——很遺憾，你不會如願。」

某處傳來一道聲音。

緊接著一名少女全身穿著閃耀白金光輝的機械鎧甲，隔著二亞從天降落到士道的對面。

披散在手臂和身體的淺金色頭髮，以及深信自己是全生物之中最強存在的超然態度。

少女俯看著士道一行人，接著說道：

「因為有我在。」

「……！艾蓮……！」

士道皺起眉頭，呼喚少女的名字。艾蓮，艾蓮・米拉・梅瑟斯。ＤＥＭ擁有的世界最強巫師，同時也是以人身凌駕精靈的「超人」。

士道一行人表現出警戒的模樣。艾蓮將視線從他們身上移開後，看著被黑暗吞噬的二亞，瞇起雙眼。

「——原來如此。妳這副模樣還真是不錯呢，〈修女〉。真不愧是艾克。」

聽見這句話，琴里不悅地皺起臉孔。

「……我本來還想妳出現的時機還真湊巧，原來是你們幹的好事嗎？」

「是啊。那個精靈的所有權本來就在ＤＥＭ手裡。真是太幸運了。我接下來要執行我的任務，如果你們現在乾脆爽快地離開現場，我今天就放你們一馬。」

艾蓮如此說完，做出驅趕士道等人的動作。士道緊咬牙根。

「開什麼玩笑！我才不會把二亞交給你們！」

「——我沒打算徵詢你的意見。」

艾蓮絲毫不在意士道說的話，握住背後裝備的劍柄抽了出來。充滿濃密魔力的劍身發出閃耀的光芒，形成光劍——〈王者之劍〉(Caledfwlch)。那是艾蓮專用的裝備。

或許是對她的動作產生反應，原本在二亞周圍蠢蠢欲動的異形同時攻擊艾蓮。

不過，艾蓮只是微微皺了一下眉頭，操作展開在身體周圍的隨意領域消滅那群異形。

「魔王的力量有些棘手呢。我就早點解決吧。」

說完，艾蓮操作隨意領域彈飛身體，舉起〈王者之劍〉衝向二亞。

不過——就在艾蓮快要逼近二亞的時候，亮起一道閃光，〈王者之劍〉的劍刃同時被彈開。

原來是位於士道附近的十香朝地面一蹬，擋住艾蓮的攻擊。

「才不會讓妳得逞！」

「妳想要妨礙我嗎？是無所謂啦——既然妳打算這麼做，我可不會手下留情。」

艾蓮露出銳利的視線，釋放出疾風迅雷般的斬擊。

「唔……！」

十香皺起臉孔，擋下這記攻擊。不過就算是精靈，也不可能發揮百分之百的靈力。面對最強巫師，形勢非常不利。在幾次交鋒後，十香逐漸被艾蓮壓制。

「十香！」

「嘖——十香一個人打不過她！耶俱矢、夕弦、美九去支援十香！四糸乃、七罪、折紙去解決二亞周圍黑漆漆的傢伙，替士道開路！」

在後方觀察狀況的琴里發出宏亮的聲音。精靈們應聲後，聽從琴里的指示分成阻擋艾蓮組和消滅湧現在二亞周圍的異形組。

「對手是艾蓮的話，十香她們也撐不久。必須盡早讓二亞恢復正常！」

「好……！拜託妳們了，四糸乃、七罪、折紙！」

士道說完後，三人便點了點頭，開始揮舞各自的天使。

「給我……閃開……！」

「讓開，你們太礙事了！」

四糸乃操縱巨大兔型手偶〈冰結傀儡(Zadkiel)〉，凍結空氣中的水分止住異形們的腳步。

「〈滅絕天使〉。」

「……〈贗造魔女〉！」

折紙趁機利用〈滅絕天使〉一個不剩地射穿所有異形，七罪則是用〈贗造魔女〉將散落在地面的〈神蝕篇帙〉頁面變成樹葉。

在二亞面前蠢動的一部分兵力因此全部消失。

當然，四周還剩下一群異形，而且只要〈神蝕篇帙〉存在，敵人便會無止盡地增加。不過，只要有精靈們的輔助，讓二亞在幾秒之間處於毫無防備的狀態絕非完全不可能。

然而——

「……！」

左方傳來倒抽一口氣的聲音，士道不由自主地望向聲音來源。

然後目睹了難以置信的畫面，不禁皺起眉頭。

因為折紙將天使〈滅絕天使〉的前端指向自己，釋放出光線。靈裝剝落，折紙按住滲血的側腹部露出痛苦的表情。

「折紙！妳這是做什麼！」

「呀……！」

「哇！這……這是怎麼回事啊……！」

不過，事態並沒有就此結束。四糸乃與〈冰結傀儡〉的腳被自己的冷氣束縛在地面，甚至連七罪也似乎受到〈贗造魔女〉光線的反射，變成一隻臭臉的吉祥物。

三人全都用自己的天使攻擊自己。看見這異常的事態，士道不禁露出困惑的表情。

然而，不僅如此。士道緊接著感受到自己的身體無法動彈。

「什麼……！」

「身……身體……動不了！」

琴里在士道後方大叫出聲。看來琴里似乎也跟士道發生同樣的現象。

這種感覺跟被巫師的隨意領域束縛住身體有些不同。宛如自己的身體無視大腦下達的指示，擅自決定不動。

「怎麼會這樣……！」

就在這個時候，士道察覺到一件事。

那就是二亞靈裝的一部分化為一支筆，自動在〈神蝕篇帙〉的紙面上書寫著什麼。

「……！未來記載……！」

沒錯。那是二亞曾經用〈囁告篇帙〉展現過的能力。恐怕是在〈神蝕篇帙〉上寫下與自己敵對的士道等人未來的行動吧。

不過，書寫的速度之快根本無法與二亞展現過的相提並論。這樣簡直就像是和描繪未來的天神對抗。

「唔……唔——！」

士道在手腳施力想要前進。然而，頭部以下卻像是擁有另一個意志般完全不動如山。

這麼做的期間，二亞依舊從〈神蝕篇帙〉的頁面產生出異形，折紙等人消滅過的兵力再次重新聚集。

異形群緩慢但確實地逼近士道等人。

「可惡……！動啊！快動！要是我不在這時候行動，誰來拯救二亞啊！」

漆黑的異形朝士道的頭伸出手。

士道發出吶喊聲，全身使出力氣。

「——嗚喔喔喔喔喔喔喔喔喔喔喔喔！」

瞬間——

士道渾身發熱，周圍開始颳起狂風。

群聚在士道面前的異形一齊被吹飛，制止住士道身體的束縛也同時解除。

「這是……！」

士道對自己身體所發生的現象感到驚愕。不過，他馬上就理解了。那道風無庸置疑是由八舞姊妹的靈力所引起的。

「士道！」

琴里從後方大喊。然而，琴里的身體似乎仍然不得動彈。折紙和四糸乃也一樣，而七罪依然維持奇怪的吉祥物姿態。

士道見狀，推斷這情況恐怕和美九的「聲音」一樣。〈神蝕篇帙〉的未來記載雖然可以操縱被描繪之人的行動，但是──對於擁有能與之抗衡的靈力之人，無法發揮十全的效果。

既然如此，也難怪會造成這樣的現狀。士道雖然是人類，卻擁有八人份的精靈靈力。

「──我去去就回。」

士道簡短說完便邁步奔跑，離開原地。

當然，異形群也對此產生反應，朝士道前進。

然而不知為何，現在的士道不怎麼感到害怕。

「──〈冰結傀儡〉！」

他高聲吶喊，朝地面用力一踏。那一瞬間，以士道的腳跟為起點，周圍逐漸凍結，將異形群的腳緊黏在地面。

沒錯。這是四糸乃的天使〈冰結傀儡〉。士道總覺得自己似乎能操控這個能力。

啊──原來如此。

士道終於理解朦朧意識中感受到的究竟是什麼感覺。

這個月上旬，士道因為路徑狹窄而導致靈力失控，藉由精靈們的幫助才恢復正常。

但那段期間，士道能夠自由自在地操縱每個精靈的天使。

然後，當時的感覺還殘留在身體以及內心的深處。

當然這種做法只是臨陣磨槍。操縱每個精靈的天使，絕對比不過精靈本人熟練。

不過——現在只需臨陣磨槍的能力。
士道打倒異形，開拓靠近二亞的道路。
寄宿在士道體內的七個天使的力量完全足以達成這個目標。
「————————！」
異形群踩過被冰凍結腳部的異形，緊追在士道的後頭。
士道舉起右手，屏氣凝神，呼喚它的名字。
「〈鏖殺公〉（Sandalphon）！」
於是，虛空中顯現出一把大劍回應他的呼喚。士道將那把劍——〈鏖殺公〉橫掃而去。
「喝啊！」
劍身閃耀的光芒劃出一道圓弧形軌跡，將聚集在周圍的異形群身體劈成兩半。
當然，那個威力對士道的身體造成沉重的負擔，肌纖維斷裂，骨頭嘎吱作響。為了修復身體，琴里的再生火焰從體內灼燒士道。
劇烈的疼痛與灼熱感充滿全身，所以——士道大叫出聲。
【喔喔喔喔喔喔喔喔喔喔喔！】
這是使用美九的天使〈破軍歌姬〉（Gabriel）所送出的鎮痛之歌。要是這種聲音也能稱為歌曲，恐怕會挨美九的罵吧。但是那道聲音穿過士道的耳朵，滲透到全身，減緩了幾分疼痛和熱度。

然後，士道橫掃並排在一起的異形——

來到跪坐在漆黑汙泥中央的二亞身邊。

「二亞！妳還好嗎？不要喪失自我意識！」

「啊啊……啊啊啊啊……啊啊啊啊啊啊啊啊——！」

不過，二亞沒有回應士道的呼喚，只是宛如被腐蝕全身的痛楚支配，不斷發出痛苦的叫聲。

就在這個時候，士道想起某件事，猛然抖了一下肩膀。

他深吸一口氣，發出宏亮的聲音：

【二亞！】

沒錯。他施展的正是剛才使用在自己身上的〈破軍歌姬〉之歌。士道將這個力量蘊藏在聲音中，呼喚二亞的名字。

「——！」

於是，二亞的身體這才第一次對士道的聲音產生反應，微微抖了一下。

【……！二亞！妳聽得見我的聲音嗎？我現在就來救妳！】

「士……道……」

二亞微微動了動她那被鮮血濡濕的臉頰，發出沙啞的聲音。

雖然不知道詳細的情形，但士道從她的反應推測出這個狀態可能是由她感受到的「痛楚」所引起。既然如此，只要用鎮痛之歌消除她的痛楚，或許有可能將她的意識拉回這個世界。士道如此思考後，對二亞伸出手。

然而──

就在士道打算用手觸碰二亞肩膀的那個瞬間──

「──不能做那種事喔。」

傳來這道聲音後，旋即有某個東西以超高速從遙遠的天際飛來，在士道的眼前炸裂，釋放出強烈的光芒。

「嗚哇！」

士道被突如其來的衝擊產生的風壓往後吹倒。

但他心想自己不能在這種地方倒下，於是立刻調整姿勢望向二亞。

「……咦？」

然後，士道目瞪口呆地發出聲音。

因為那裡在不知不覺間出現了一名剛才不存在的少女。想必剛才從空中飛來的就是她吧。

綁成公主頭的金髮、宛如映照出天空色彩的碧眼，特徵是有著一身白裡透紅的肌膚，活脫脫就是可愛的化身。

不過，她的臉上毫無表情——身上還穿著顯示巫師身分的金屬鎧甲。

那是和艾蓮相同類型的接線套裝，以及白紫相間的 CR-Unit。那副流麗的模樣宛如中世紀的騎士盔甲。

但是，奪去士道目光的並非那位可愛的少女。

而是她手中握著的雙刃光劍。

以及那把劍的劍尖貫穿腹部，如蝴蝶標本般被釘在地面的二亞的姿態。

「二——亞？二亞！」

士道大喊後，二亞的口中便吐出血塊。

「妳這傢伙！對二亞做什麼！給我讓開！」

士道握住〈鏖殺公〉的劍柄，釋出如裂帛般清厲的氣勢，同時朝少女揮劍。

然而，就在〈鏖殺公〉的劍刃快要觸碰到她的時候，包圍在她四周的隨意領域擋下了士道的攻擊。

「什麼……！」

她的隨意領域非常堅固而且濃密，精密度與艾蓮的隨意領域不相上下。

緊接著，少女瞇起雙眼，隨意領域的範圍便一口氣擴大，輕而易舉地彈飛士道的身體。

「唔哇！」

「士道——！」

士道在空中描繪出一道拋物線朝地面掉落，所幸折紙在千鈞一髮之際接住了他的身體。看來因為二亞受到傷害，導致〈神蝕篇帙〉的效果中斷。

「抱……抱歉，折紙。謝謝——」

士道說到這裡時止住了話語。因為在背後支撐住士道的折紙表情染上戰慄之色，瞪視著將劍刺入二亞身體的少女。

「折紙……？」

折紙直勾勾地凝視著少女的臉，輕啟雙唇：

「妳為什麼會在這裡——阿爾緹米希亞・阿休克羅夫特？」

「…………」

即使折紙呼喚她的名字，那名被稱為阿爾緹米希亞的少女看都不看折紙一眼。

她在握住光劍的手上施力，將劍尖抽離二亞的身體。

二亞的身體跳動了一下，鮮血如湧泉般從拔出劍的腹部溢出。

「二亞！」

士道大喊，想要衝到她身邊，卻受到濃密的隨意領域阻礙而無法接近她。

阿爾緹米希亞緩緩舉起一隻手，正好舉到二亞的胸口上方。

然後，她喃喃自語不知道在說些什麼，包圍住她的隨意領域便立刻出現變化——與此同時，二亞的身體開始發出黑色的光芒。

「……，…………，…………」

已經連聲音都發不出的二亞微微顫抖著指尖。

於是下一瞬間，一顆宛如聚集黑夜凝結成寶石形狀的物體從二亞的胸口出現。纏繞在二亞身體的靈裝也同時化為黑色霧氣，消失得無影無蹤。

「……！」

「靈魂結晶！可是……那個顏色是——」

士道瞪大雙眼的同時，折紙和琴里發出驚愕的聲音。

沒錯。從二亞的胸口冒出的東西，和過去〈幻影〉將琴里變成精靈時所使用的寶石形狀十分相像。

就在這個時候——

「……！」

士道半反射性地改變了視線的方向。

是因為顯現出精靈之力，所以感覺變得比較敏銳嗎？還是因為出現在那裡的人類散發出來的氣息非比尋常？士道分辨不出是哪一種原因，但是——他十分清楚有一個至今為止不存在的「異物」混進了這個地方。

不只士道，現場的所有精靈也都望向同一個方向。

「那名男子」在大家的注目之下，悠然走近二亞和阿爾緹米希亞的身邊。

他擁有一頭顏色黯淡的灰金色頭髮、一雙鐵鏽色的眼珠，身上穿著漆黑的西裝。

「艾薩克．威斯考特……！」

士道露出銳利的目光惡狠狠地瞪著他，呼喚他的名字後，男子——威斯考特便揚起他的薄唇說道：

「好久沒跟你面對面了呢，五河士道。別來無恙啊！」

威斯考特如此說道，並且在二亞的面前停下腳步。

接著凝視飄浮在她正上方的漆黑寶石，臉上浮現出至今未曾見過的洋溢著瘋狂的笑容。

「太棒了，這就是——反靈魂結晶。」

威斯考特慈愛地仔細端詳過寶石後，瞥了阿爾緹米希亞一眼。

「辛苦妳了，阿爾緹米希亞。保險起見，讓妳潛伏在這裡是對的。五河士道，以及〈拉塔托斯克〉的各位，我也要向你們道謝。多虧了你們，我才總算朝夙願踏出了一步。」

威斯考特高聲宣言，並且緩緩朝寶石伸出手。

「你……你要做什麼！」

「──哈哈，你竟然還問我要做什麼？『你至今都已經得到八名精靈的力量了』。」

「你……你這話是什麼意思？」

士道皺起眉頭說完，威斯考特便抓住反靈魂結晶──隨便往自己的胸口塞。

「什麼……！」

「唔──喔喔喔喔喔喔喔喔喔喔──！」

以反靈魂結晶為起點，漆黑的閃光發出如雷般「啪嘰啪嘰」的聲響朝四周迸發而去。宛如只有這一帶瞬間變成了黑夜，四周的景色完全改變。

數秒後──

那個「黑夜」開始慢慢縮小，被吸進威斯考特的體內。

那裡已經不存在反靈魂結晶。

「呼──」

只有西裝的胸口一片焦黑，全身帶有靈力的艾薩克‧威斯考特站在那裡。

沒錯，宛如──精靈一樣。

「哈哈，哈哈哈哈哈哈哈哈哈！哈哈哈哈哈哈哈哈哈哈哈哈哈──！」

威斯考特將身體向後仰，哈哈大笑。看見那副模樣，琴里的臉上染上戰慄之色。

「不會吧……他吸收了靈魂結晶嗎……？」

「怎麼可能……」

話說到一半，士道屏住了呼吸。因為威斯考特剛才所說的話掠過他的腦海。

「精靈的力量……？」

士道目瞪口呆地發出聲音後，威斯考特便一臉愉悅地望向他。

「就是這樣。」

然後朝天空舉起一隻手，大聲吶喊：

「——〈神蝕篇帙〉。」

那強大魔王的名字。

「什麼——」

士道發出慌亂的聲音。與此同時，一度消失在虛空中的一本書出現在威斯考特的手邊。

瞬間，威斯考特驚訝得瞪大了雙眼。

「哦……？真是神奇呢。我雖然是第一次接觸魔王，卻對它的魔力和權限摸得一清二楚。是這樣做嗎？」

威斯考特像是指揮樂團似的揮動著手。

於是，配合著他的動作，〈神蝕篇帙〉的頁面像二亞當時一樣飛舞起來，從中爬出好幾隻形體漆黑的異形。

「什麼……！」

士道發出驚愕的聲音。因為他萬萬沒想到威斯考特和他一樣吸收了精靈之力後，能夠在如此短的時間內操縱魔王。

「原來如此……可以將記載在書上的存在具體呈現出來啊。哈哈哈，不愧是魔王，能扭曲世界道理和邏輯的力量。你不覺得很棒嗎？」

「唔……」

士道緊咬牙根，瞪視威斯考特。

就在這個時候，和十香等人交戰完畢的艾蓮降落在威斯考特的背後。

「艾克。」

「喔喔，是艾蓮啊。妳也辛苦了。妳看，這就是照耀我們的道路，魔王莊嚴的光輝。」

「──真是太棒了。不過，還不夠。」

「是啊，光是這樣還不夠。只有一個，遠遠不足以達成我們的夙願。」

威斯考特將如利刃般鋒利的視線投向折紙等人。

同時，十香一行人氣喘吁吁地來到士道的身邊。看來她們也和艾蓮一樣，看見一連串的騷動而回到這裡吧。

「士道！你沒事吧！」

「我沒事……可是二亞她……！」

士道等人處於最惡劣的狀況。對手是世界最強的巫師艾蓮和與之並駕齊驅的阿爾緹米希亞，以及——獲得魔王〈神蝕篇帙〉的威斯考特，還有蠢蠢欲動的無數黑色異形。就算士道這方有多名精靈，但敵人還是太過強大。

不對。重點在於，必須盡早替二亞治療傷勢。如此一來，他們便無暇與威斯考特等人交戰。

到底該如何是好——

就在士道額頭冒著汗水思考的時候，威斯考特突然莞爾一笑。

「——不過，我已經達成得到魔王這個最大的目的。今天就到此為止吧。」

「……！」

聽見威斯考特說的話，士道皺起了眉頭，他在握住〈鏖殺公〉的手上施力。威斯考特的個性十分狡猾，因此士道推測他有可能故意這麼說，引誘己方放鬆戒備，唆使艾蓮或阿爾緹米希亞攻擊他們。

然而，聽見這句話後，站在他背後的艾蓮卻歪了歪頭回答：

「這樣好嗎？」

「沒事。一口氣得到複數的魔王，我的身體也吃不消啊。再說——」

威斯考特說著揚起嘴角，做出彎月的形狀。

「樂趣要一個一個享受才不會浪費嘛。」

「……！」

瞬間，士道感覺到精靈們同時倒抽了一口氣。

以前他見到威斯考特時所感受到的異樣感一口氣膨脹了。

用冷酷或殘忍這類的詞彙來形容這個男人似乎不太貼切，他更符合——「異類」這個詞。

沒錯。士道對這個男人隱約感受到的恐懼，與其說是對一名擁有強大力量之人感到害怕，倒不如說是對處於自己常識範圍外的人會如何「不按牌理出牌」而感到害怕來得比較適當。

「——我知道了。那我們走吧。」

「好，走吧。」

威斯考特如此說完，艾蓮和阿爾緹米希亞便輕輕點了點頭，朝地面一蹬。

原本展開來防禦精靈們的隨意領域往內收縮，三人的身體同時飄浮在空中。

「五河士道和各位精靈，不久後的未來再見吧。你們就好好享受這短暫的安寧吧。」

「什……等一下！你要去哪——」

「士道！」

士道想追上去，卻被琴里抓住衣角。在士道轉移注意力時，威斯考特等人已消失在空中。

「我明白你的心情，但是你冷靜一點！現在追上去也於事無補！再說——」

琴里將視線投向仰躺在地的二亞的方向。士道赫然屏住呼吸。

「二亞！」

他蹬向地面，衝向倒在血泊中的二亞身邊。

她全身的傷口令人怵目驚心，但被阿爾緹米希亞的劍刺穿的腹部傷勢尤其嚴重，不管怎麼保守估計，都是致命傷。二亞勉強從喉嚨深處呼吸，不過任誰看來都知道她不可能支撐太久。

「可惡……！琴里！顯現裝置呢！」

「已經準備好了！可是〈佛拉克西納斯〉無法飛行，這樣就沒辦法將她傳送到目的地！我已經派人開車過來了，再等一下！不過……〈拉塔托斯克〉也沒有治療過靈魂結晶被奪走的精靈！不知道會變得怎麼樣——」

「唔——」

士道皺起臉孔，折紙便出現在他旁邊。

「總之，這樣下去她的性命很危險。先止血吧。」

「說……說的也對。可是該怎麼止血……」

「在腹部大量出血的情況下，沒有專門的設備很難止血。若是用普通的緊急處置，頂多就只有用布壓住傷口這個方法了。可是，這麼做沒有什麼太大的效果。」

「那麼，到底該怎麼辦才好……！」

「你冷靜一點。七罪——」

「咦！」

突然被叫到名字，七罪發出吃驚的聲音。

「啊，對……對喔……！」

但是過了一會兒，她似乎明白了折紙的意圖，於是小跑步來到二亞的身邊。

「〈贗造魔女〉……！」

七罪如此說完便對二亞舉起掃帚形狀的天使。結果，隱藏在前端的鏡子便發出光芒，消除了二亞身上令人目不忍睹的傷口。

傷口並非完全治癒，而是利用〈贗造魔女〉的力量將二亞傷痕累累的身體變化成完好無缺的樣貌。

「我想這樣……應該會好一點。不過，流失的血沒有復原，損傷的內臟也沒有正確地修復。還是得盡早治療才好……」

宛如在印證七罪說的話一般，二亞的狀態越來越惡化。傷口是癒合了，但臉色卻越來越蒼白，就連僅存的呼吸也越來越微弱。

「可惡……二亞！妳聽得見我的聲音嗎！車子馬上就來了！」

士道握住二亞的手大喊，像是在為她祈禱。

不過，他的吶喊依然徒勞無功，二亞的手越來越冰冷。士道因為不耐煩、焦躁和無力感，用拳頭捶打地面。

就在這個時候——

「……！等一下，士道！」

十香像是察覺到什麼事情似的在二亞的身邊蹲下。

然後集中精神，露出銳利的視線凝視著二亞，接著猛然抬起頭。

「果然沒錯……士道，二亞還殘留微弱的靈力！」

「妳說什麼！」

士道瞪大雙眼後，琴里便像是察覺到什麼事情似的大吃一驚。

「原來是這樣……在從天而降的那個女人刺傷二亞之前，你已經將二亞的意識拉回了一些……！在那個時間點，她就已經不處於完全的反轉狀態了！」

「這……這是什麼意思？」

「就是說，被威斯考特奪走的靈魂結晶很可能不是完整的狀態！我想二亞的身體應該還保有少許的靈魂結晶……！」

「……！」

琴里說到這裡，士道抖了一下肩膀。

因為這個月上旬，士道靈力失控平息後聽到的話掠過他的腦海。

「琴里——妳說過我跟大家之間有一條看不見的路徑連繫在一起，靈力會透過那些路徑不斷地循環……對吧？」

「我是說過，那又……」

此時，琴里似乎也察覺到了士道的想法，因此瞪大了雙眼。

「士道，你該不會——」

「沒錯——聽天由命吧，我要封印二亞……！」

沒錯。士道和被他封印的精靈之間有靈力在流動。既然如此，只要順利在他和二亞之間形成路徑，那士道和其他精靈的靈力或許就能提供給二亞。

當然，士道並不確定二亞對他的好感度是否上升到能夠封印的領域。

但是就如琴里剛才說的，現在只能相信了——相信士道和所有人的心意已經傳達給二亞。

「——二亞，拜託妳，接受……我吧。把我的力量全部拿走都沒關係！所以——！」

士道如此懇求後，便在大家的注視下慢慢靠近二亞的臉龐——唇瓣交疊。

一瞬間，士道因為碰觸到有如無生命物體般的冰冷嘴唇而臉頰僵硬。

不過，他立刻便微微感受到有一股溫暖的東西流進自己的體內。

「……！」

那無庸置疑是封印精靈力量時的感覺。士道抽離嘴唇，呼喚二亞的名字。

「二亞！二亞！」

「快點醒來吧，二亞！」

「二亞……！」

精靈們也跟著士道大聲呼喊二亞的名字。

不久，二亞的眼皮微微顫動。

然後發出沙啞的聲音。

「…………用不著……一直叫我，我也……聽得到……啦……」

「——！二亞！」

士道大喊後，二亞再次垂下雙眼，輕輕動了動嘴唇。

雖然沒聽到聲音，但是——她的脣形看起來像是在說「謝」「謝」「你」這三個字。

終章　妳知道嗎，二亞！

「……哦？」

在 DEM Industry 日本分公司辦公大樓內。

艾薩克．威斯考特心情愉悅地坐在椅子上，將視線落在眼前的書上。

飄浮在空中的巨大篇帙。那副不祥的模樣帶給觀看者一種莫名的恐懼。

「——原來如此，真是有趣。我所想要的情報全都流進我的腦袋裡了。魔王〈神蝕篇帙〉啊。看來我似乎中大獎了呢。多虧它，我知道了一件非常有意思的事情。」

說完，威斯考特發出強忍住笑意的聲音。於是，站在他前方的一身套裝的少女——艾蓮便歪了歪頭。

「非常有意思的事嗎？」

「是啊。妳過來這裡。」

「是……」

艾蓮一臉納悶地走向威斯考特。

威斯考特從椅子上站起來，把手搭在艾蓮的肩上。於是——

「……！這是……」

艾蓮驚愕得瞪大雙眼。

威斯考特將從〈神蝕篇帙〉得到的情報透過手的接觸傳達給艾蓮。現在影像的洪流應該正有如洶湧的海浪流進艾蓮的腦海裡吧。

「……改變歷史？你是說，現在這個世界是曾經改寫過的世界嗎？」

接著，她疑惑地如此說道。

沒錯——記載在〈神蝕篇帙〉上的正是這件事。

改變歷史，是不畏上天的禁忌行為——也是偉大的幻想。

不過，威斯考特和艾蓮已經知道那並非絕對不可能實現的事情。

「是啊。五河士道似乎藉由〈夢魘〉的幫助，為了改變鳶一折紙的過去而倒流時光……呵，他們還真是毅然決然就這麼做呢。」

「那種事情怎麼可能——」

艾蓮話說到一半，突然按住胸口，露出痛苦的表情。

「唔……唔……！」

緊接著數秒後，她身上穿著的白色襯衫開始慢慢滲出血來。艾蓮皺起臉孔，將視線落在手沾上的鮮血。

「這是……」

「看來妳似乎因為取回改變世界之前的記憶，在那個世界受過的傷又再次顯現出來了。」

威斯考特揚起嘴角說道。如果是普通人，應該不可能發生這種現象，但是——巫師這種人是利用顯現裝置將腦袋裡的幻想重現於現實之中。而巫師當中享有最強之名的艾蓮，似乎是半自動地將那強烈的影像化為現實了吧。

「……原來如此。之前世界的我還挨了她這麼一記攻擊嗎……雖然是被〈拉塔托斯克〉從旁邊突然攻擊，但還是令人不愉快。」

艾蓮說完，一臉不悅地皺起眉頭。

不過，這也是無可奈何的事。如果威斯考特記得沒錯，曾經讓艾蓮受過這種重傷的除了折紙之外，就只有一人。

「……唔！」

艾蓮微微皺起眉頭。瞬間，艾蓮的身體周圍展開了隨意領域，恐怕是為了止血和鎮痛吧。艾蓮旋即將表情和姿勢恢復成原來的模樣。

「不過——原來如此。這個力量真不負〈神蝕篇帙〉的魔王之名呢。」

「是啊。不過……」

聽見艾蓮說的話，威斯考特微微聳了聳肩。

「看來這個魔王似乎還不是完整的狀態。」

「——不完整？」

「是啊。五河士道大概是在我們解決〈修女〉的前一刻，將她的意識拉回了一部分吧。他似乎也逐漸習慣操控天使的能力了。」

「……真是抱歉。如果由我直接動手……」

艾蓮露出憤慨的表情如此說道。不過，威斯考特卻誇張地聳了聳肩。

「不需要如此憂慮，我很滿足今天的結果。雖然不完整，卻是達成我們夙願踏實的一步。缺少的那一部分，我們就找一天討回來。敬請期待吧，艾蓮。」

「——是。」

艾蓮端正姿勢，點頭回應。

威斯考特緊接著將視線投向站在房間入口處的少女。

「當然，妳也是——阿爾緹米希亞。」

「……是。」

阿爾緹米希亞．貝爾．阿休克羅夫特輕聲回答。

◇

精靈們如今正聚集在〈拉塔托斯克〉地下設施的休息室裡。

理由只有一個。所有人正在等待二亞治療完畢。

在那之後再次失去意識的二亞立刻被緊急運送到這個設施，利用醫療用顯現裝置持續接受治療。由於治療需要花上一些時間，所以機構人員請所有人先返回家中，但是……大家實在很擔心二亞，於是所有人都沒有回公寓或家裡。

不過，通宵之後參加活動，結束後又跟DEM交戰，畢竟經歷了好幾場地獄般的折騰，身體已經疲憊不堪。大家雖然拚命保持清醒，但眼皮卻似乎越來越重。

「唔……」

十香睏倦地揉了揉雙眼。士道「啊哈哈」地苦笑。

「還好嗎？想睡的話就去有床的房間睡沒關係。」

「唔……不用，沒關係。我已經決定在二亞清醒之前都不睡。」

「嗯……這樣啊。那麼，妳就再努力一下吧。」

士道如此說完，房門立刻開啟，琴里打了一個大大的呵欠走進房間。

「呼啊……大家，你們還醒著啊？」

「妳也是啊，打了一個非常想睡的呵欠喔。別太勉強了。」

「你……你很吵耶。」

琴里盤起胳膊，撇過頭移開視線。

「別鬧彆扭啦……對了，二亞的情況怎麼樣？」

士道詢問後，琴里便從鼻子吐著氣，面向士道等人。

「——總之已經度過鬼門關了。利用〈贗造魔女〉實施緊急處置以及連接路徑讓靈力循環，這兩個行動起的作用非常大，應該不會有事。等醫療用顯現裝置治療完畢，大概就能醒來了。」

「喔喔，真的嗎？」

「是啊。所以——」

就在琴里話說到一半的時候，放在琴里口袋裡的終端機響起「嗶嗶」聲。

「——才剛說完就來通知了。」

琴里確認過終端機的畫面後如此說道，指了指房門。

「二亞好像醒來了。你們要去看她吧？」

「……！」

聽見琴里說的話，到剛才為止都還昏昏欲睡的精靈們同時瞪大了雙眼，用力點了點頭。

琴里見狀露出一抹苦笑，催促大家。

「往這邊，跟我來。」

士道一行人跟在琴里的後頭走出休息室，經過走廊來到集中治療室。然後受到琴里的催促，走進房間。

房間裡的空間很寬敞。白色的地板上擺放著各式各樣的機器，牆邊有好幾條電線蜿蜒。

二亞位於設置在房間最內部的大治療艙裡。治療艙的蓋子已經打開，令音正好從二亞的嘴巴取下氧氣罩。

二亞微微睜開眼睛望向大家。

「……啊……你們……」

「二亞！」

士道呼喚她的名字後，小跑步衝到她身邊。精靈們也跟著跑來包圍住她。

「妳還好……嗎？」

「呵呵，看起來很健康嘛。」

「首肯。幸好沒事。」

精靈們你一言我一語地說完，二亞便緩緩環視所有人，露出微笑。

「嘿嘿嘿……搞什麼啊，我什麼時候那麼受歡迎了啊……？簽名要一個一個來喔。」

二亞開玩笑地說完，吐了一口長氣望向士道。

「……抱歉啊，少年。我被ＤＥＭ——」

「……！」

士道緊緊握住她的手，阻止她繼續說下去。

「少年……」

「沒關係，別說了……謝謝妳——活下來。」

士道淚眼婆娑地如此說完，二亞一瞬間垂下雙眼，接著害羞地笑了。

「啊哈哈……真是傷腦筋。我最不擅長面對這種場面了。」

就在這個時候，二亞睏倦地打了一個大呵欠。

「咦，真是奇怪。我明明睡到剛剛才醒來的……」

「哈哈……這也難怪。時間已經這麼晚了……」

士道如此說完，望向掛在房間的時鐘——「啊」地低喃了一聲。

然後在腦中思索了一會兒，望向令音。

「那個，不好意思。可以讓二亞外出一下嗎？」

「……嗯？她的狀態已經穩定下來，只出去一下應該沒關係，但……你們打算去哪裡？」

「這個嘛……敬請期待。」

士道豎起一根手指說完，二亞和其他精靈便納悶地歪了歪頭。

幾分鐘後，士道一行人來到〈拉塔托斯克〉地下設施入口處的住商混合大樓頂樓。

四周很暗，冷得彷彿立刻就會下起雪來。所有人身穿大衣，戴著手套和圍巾等禦寒用具。

「——呀，外面果然很冷啊！吶，四糸乃，很冷吧？想要用人類的肌膚取暖吧？」

「不……不了，那個……」

早一步衝上頂樓的美九情緒十分高漲，發出宏亮的聲音。四糸乃一臉困擾地露出苦笑，而七罪則是抓住美九的衣角保護四糸乃。

「妳不冷嗎，二亞？」

「嗯……還好。」

士道推著二亞乘坐的輪椅詢問道。雖然得到許可外出，但她還不方便行走，所以就採取這樣的形式。

「所以……你為什麼帶我來這種地方？」

「喔喔。我想應該差不多了……」

就在士道說完這句話後——

天空開始出現些微的變化。

光線從大樓之間照射進來，原本漆黑的天空開始變得明亮。

「喔喔……！」

「好棒……！」

精靈們紛紛瞪大雙眼，發出讚嘆聲。二亞也露出一副吃驚的表情，凝視著漸漸顯露出來的太陽後，抬頭仰望士道的臉。

「少年，這是……」

「喔。我想太陽差不多該升起了。因為拚死準備COMICO差點忘記了，今天不是一月一日嗎？是元旦的日出喔——二亞，最適合妳重新開始了。」

「……哈哈，真是做作耶。」

二亞如此笑道，再次將臉朝向前方，眺望日出一陣子。

數十秒後，她發出低喃聲：

「……少年。」

「嗯……？」

「真的……謝謝你。在各方面都是。」

「別客氣。我也一直受到大家許多幫助。」

「……等我身體復原後，我想再見高城老師一面。」

「嗯，這樣很好啊。那個人個性不錯。大概吧。」

「竟然說大概啊。」

士道說完，二亞再次展露笑容。

「……該怎麼說呢，雖然被DEM奪走力量讓我很火大，但心情莫名輕鬆呢。我加加減減也跟〈囁告篇帙〉相處了將近三十年，不過……哎，那份力量對我來說肯定太沉重了。」

「三十年──妳那麼久以前就變成精靈了嗎？」

對二亞說的話產生反應的不是士道，而是折紙。

「嗯。正確來說是二十七八年左右吧……反正四捨五入之後也差不多啦。怎麼？不覺得我看起來沒那麼老嗎？」

二亞打趣地摸了摸自己的臉頰。於是，這次換琴里望向二亞。

「大概是靈力在抑制體細胞老化吧。妳的靈力已經被封印了，之後會越來越老喔，妳做好心理準備吧。」

「嗚哇！這麼說也有道理喔。啊……我要更正我剛才說的話。〈囁告篇帙〉，這些年來謝謝你了。」

二亞說完後，琴里便開懷地笑了。

之後，二亞像是想起什麼事情似的環視所有人。

「……對了，大家是什麼時候變成精靈的啊？」

「喔喔……我是五年前，美九還不到一年吧？折紙是最近。剩下的本來就是精靈。」

「咦……？」

琴里回答後，二亞露出納悶的表情。

然後，歪著頭繼續說：

「原本就是精靈……？『精靈基本上不都是從人類變來的嗎』？」

聽見這句話之後——

「咦……？」

在場所有人全都瞪大了雙眼。

後記

好久不見，我是橘公司。

在此為您獻上《約會大作戰 DATE A LIVE 13 創作者二亞》。各位讀者覺得如何呢？如果各位讀者喜歡本書，將是我莫大的榮幸。

事情就是這樣，這次當然又有新女角登場。漫畫家兼阿宅精靈，二亞。這精靈的靈裝明明是修女的樣式，卻好像滿世俗的。靈裝的設計很棒，基本上是修女裝，裝飾在頭巾上的設計概念是筆和羽帚，靈裝的基本色調是墨水色，靈裝正中央的線條是象徵漫畫的分格線，設計得很細緻。

《約會》幾乎每次都會出現新女角，但是這次二亞這個角色在造型上還滿危險的。基本上輕小說的女性角色不太適合短髮配眼鏡的造型，當然也有例外，不能一概而論。二亞也是只有在穿便服的時候才會戴眼鏡。理由很單純，這種打扮很難受歡迎。平胸？那是稀有價值吧？

在構思角色，尤其是女性角色的造型時，我會加入自己喜歡的要素和大多數讀者較能接受的要素，但兩者間的平衡不好抓，要是加入過多自己喜歡的要素，特色就會太鮮明，不容易被讀者接受，但要是過度加強大多數人可能接受的要素，又會流於俗套。

後記

這次的二亞，真要說的話，是屬於前者要素較多的調配，但也因此創造出了一個《約會》以前從沒出現過的角色類型。不知為何，這次總感覺寫得很開心。

順帶一提，我隱約覺得集數越多，就有種容易寫出前者要素較強的角色這種傾向。女性角色一多，就必須追求多樣性，所以才會出現像七罪這樣的角色。我非常喜歡個性消極的角色，但如果我想讓七罪成為女主角，大概會被阻止吧。可惡！

那麼，在上一集公告的《劇場版 約會大作戰 DATE A LIVE 万由里ジャッジメント》也終於上映了！

我當然也去看了，哎呀，果然大螢幕就是不同凡響啊！開場時美九的演唱會加上各種約會場面，還有魄力十足的戰鬥場面，內容非常豐富！特別形式的十香也超帥氣的！我想應該是3D設計，怎麼樣啊，製造商？

《約會》的話題到此告一段落，下一本預計出版的書是《為了拯救世界的那一天 -Qualidea Code-》第二集。開始對任務抱持疑問的紫乃會做出什麼行動？他與舞姬的關係會變得如何？小螢的意圖又是什麼？

我想大概能在冬天的時候出版吧，這套作品也請各位多多支持了！

最後，本作品這次也在各方人士竭盡心力之下才得以完成。插畫家つなこ老師，謝謝您這次也為這部作品畫出如此精美的插畫！沒想到修女的靈裝會像那樣加入漫畫家的要素……這巧思太棒了。責任編輯，不好意思，每次都讓您勞神費力了。我下次努力早一點交稿。

美術設計的草野、編輯部的各位、出版、通路、零售等所有相關人員，以及拿起本書閱讀的讀者們，由衷感謝各位。

那麼，接下來如果能在《為了拯救世界的那一天 －Qualidea Code－》第二集，或是《約會大作戰 DATE A LIVE 14》和大家見面，將是我的榮幸。

二〇一五年九月　橘　公司

國家圖書館出版品預行編目資料

約會大作戰DATE A LIVE. 13, 創作者二亞 / 橘公司作 ; Q太郎譯. -- 初版. -- 臺北市 : 臺灣角川, 2016.07

面 ; 公分

譯自 : デート・ア・ライブ 13 二亜クリエイション

ISBN 978-986-473-195-4(平裝)

861.57 105009529

Kadokawa
Fantastic
Novels

約會大作戰DATE A LIVE 13
創作者二亞

（原著名：デート・ア・ライブ13　二亜クリエイション）

2016年9月22日　初版第1刷發行
2024年7月3日　初版第7刷發行

作　者：橘公司
插　畫：つなこ
譯　者：Q太郎

發 行 人：台灣角川股份有限公司
總　監：呂慧君
總 編 輯：蔡佩芬
主　編：林秀儒
編　輯：孫千棻
設計指導：陳晞叡
美術設計：吳佳昫
印　務：李明修（主任）、張加恩（主任）、張凱棋、潘尚琪

發 行 所：台灣角川股份有限公司
地　址：104台北市中山區松江路223號3樓
電　話：（02）2515-3000
傳　真：（02）2515-0033
網　址：www.kadokawa.com.tw
劃撥帳戶：台灣角川股份有限公司
劃撥帳號：19487412
法律顧問：有澤法律事務所
製　版：巨茂科技印刷有限公司
ISBN：978-986-473-195-4

※版權所有，未經許可，不許轉載。
※本書如有破損、裝訂錯誤，請持購買憑證回原購買處或連同憑證寄回出版社更換。

©Koushi Tachibana, Tsunako 2015
First published in Japan in 2015 by KADOKAWA CORPORATION, Tokyo.
Chinese translation rights arranged with KADOKAWA CORPORATION, Tokyo.